달리다 보면

꿈꾸는인생

다시 또 여러 힘겨움을 만나겠지만,
달리다 보면 다 스쳐 지나갈 이야기다.

우리는 늘 달리는 중

집 근처 불광천에는 늘 달리는 사람들이 있다. 날이 좋아야 겨우 걸음을 해서는 7천 보쯤 채우고 온종일 뿌듯해하는 나는, 꾸준히 달리는 이들을 동경한다. 이런 말 하면 나를 아는 이들이 어디서 수작이냐 하겠지만, 그건 몰라서 하는 말이다. 달리지 않는다 해서 달리는 이들에 관심이 없을 거란 생각은 오해다. 내 마음에는 달리는 이들을 담아 둔 공간이 있다. 나는 발 하나 걸치지 못한 채 입구에서 들여다보기만 하는 공간.

달리기와는 먼 인생을 살아왔다. 내 달리기의 총량에서 자발적인 달리기는 많지 않고, 그 많지 않은 경우도 대개 처절함에서 비롯된 것들이다. 절대 지각을 해선 안 되는 수업을 앞두었거나 공항 안내 방송에서 이름이 불린다거나 극심한 복통에 화장실을 찾아야 한다거나…. 그러다 보니 달리기의 기억이 아름답지 않다. 학창 시절까지 거슬러 올라가면 무안함과 민망함이 더해질 뿐이다. 5학년 가을이었나, 여느 짓궂은 남자아이들과 달리 다정하던 친구에게 태어나 처음으로 쌍욕을 들었다.

달리기 때문이었다.

몸을 잘 다루지 못하는 사람에게는 달리기도 어렵다. 재난영화를 보며 자주 생각한 건 나는 달리기를 못하니 금세 죽을 거라는 사실이다. 가족과 친구들에게 폐가 되지 않으려면 미리 말해 두어야 한다. "그런 순간이 온다면 가차 없이 나를 버려야 해!" 내 몸을 단련하기보단 그들의 마음을 강하고 모질게 하는 편이 빠르다. 버려져도 나는 절대로 서운해하지 않을 것이다. 더는 달리기 때문에 욕을 듣고 싶지 않다.

그런 내가, 빨리 뛰기보다 죽음을 받아들이는 게 더 편한 내가 달리기 주제의 책을 기획했다. 시작은 작년 여름 5주간 진행한 '글쓰기 살롱'이었다. 에세이 한 편 완성을 목표로 일주일에 한 번 온라인상에서 만나 글을 쓰는 모임이었는데, 공교롭게도 두 명의 주제가 같았다. '달리기'. 모임이 끝날 때쯤 그날 쓴 글의 일부를 낭독하는 시간을 가졌고, 나는 매번 그들의 문장에 가슴이 뛰었다. 달리기가 이렇게 아름다운 거였다니. 주책맞게 눈물이 나는 날도 있었고, 어느 날은 밖으로 나가지 않을 수가 없어 모임이 끝나고 초여름밤의 불광천을 걸었다. 그러면서 생각했다. '달리기 이야기를 모아 보자!'

즐길 거리 많은 시절에 '내 몸'으로 꽉 채운 시간이 주는 에너지를 나누고 싶었다. 그런데 저자들을 만나면서 다양한 달리기를 접하게 되었고, 좋은 게 늘 좋기만 한 게 아니라는 사실을 알았다. 취미로서의 달리기가 있다면 먹고살기 위한 달리기가 있고, 웃음 아닌 울음을 품은 달리기가 있으며, 매일 달리는 이들도 나가지 않을 이유를 찾을 때가 있다는 것. 영화 속 달리기로 대리만족 중인 나 같은 방구석 러너의 등장엔 박수를 쳤다.

따라서 이 책은 '달리기 예찬서'가 아니다. 부제를 들어 소개하자면, '달리기가 좋고, 절실하고, 괴로운 사람들의 이야기'이다. 놀이에서 경쟁으로, 또 생활의 현장으로 이어진 달리기와 함께한 희로애락의 기록이기도 하다. 그러니 현재 달리는 사람이 아니라는 이유로 이 책을 멀리할 필요는 없다. 전혀 생각지 못한 지점에서 허를 찔리거나 웃음/눈물 버튼이 눌릴지 모른다. 온라인 쇼핑몰에서 러닝화를 살펴볼 수도 있고, 지역 러닝크루를 찾기에 이를 수도 있다. 어느 쪽이든 환영할 일 아닌가.

오늘도 불광천에는 달리는 사람들이 있다. 즐거움으로 달리는 이가 있는가 하면 슬픔을 잊고 괴로움을 떨쳐 내려 내달리는 이도 있을 것이다. 그런 생각을 하면 더욱 길 위의 달리기를 응원하고 싶다. 내딛는 한 발 한 발에 즐거움은 더해지고 아픔은 덜어지기를, 몸뿐만 아니라 마음 근육도 단련되기를 바라게 된다. 그리고 이 시간, 각자의 자리에서 '달리고 있을' 이들을 떠올린다. 길 위가 아닐 뿐 사실 우리는 늘 달리고 있었다.

때마다 인생과업은 주어졌고, 이를 수행하려면 여유를 부릴 수 없었다. 보통과 평범의 자리를 원할 뿐인데도 숨이 찼다. 앞선 이의 뒷모습을 보며 좌절을 겪고, 때로 다시는 달리지 않을 것처럼 오래 쉬었다. 경로를 바꾸기도 했다. 그래도 멈추지 않고 달려 여기까지 왔다. 아, 이렇게나 훌륭한 러너들이라니! 오늘의 기록이 썩 좋지 않더라도 너무 자책하지 말자. 이미 충분히 잘 달려왔고, 무엇보다 인생 달리기에선 속도가 전부가 아니라고 알고 있다.

길 위를 달리지 않는 나도 알 만큼 달리기에 좋은 계절이다. 이 좋은 계절이 길 위를, 인생의 어느 지점을 달리고 있는 당신의 걸음에 힘을 실어 주기를 바란다. 더불어 이 책에 담긴 여섯 개의 이야기가 당신에게 격려와 도전이 되어 주기를.

오늘은 나도 조금은 빠른 걸음으로 불광천을 걸어 볼 생각이다.

5월을 보내며
기획·편집자 홍지애

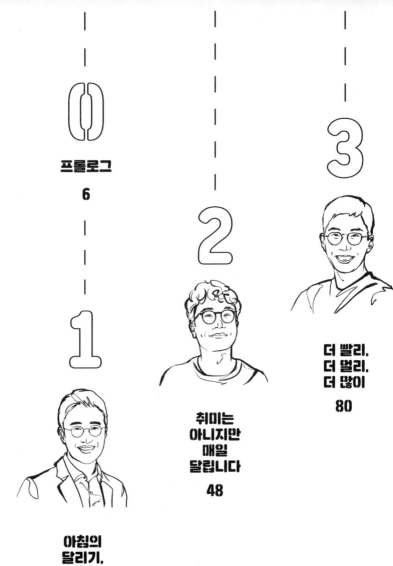

나아지고 있다는 믿음이 삶을 견디는 힘이 된다.

석원

대구문화방송 보도국 기자, 스포츠 PD

어려서부터 달리기를 싫어했다. 계주 대표는
딱 한 번 뽑혀 본 달리기 혐오자. 살다 보니,
뛰는 사람들을 취재하고 그들의 이야기를 제
작하는 삶에 놓여 버렸다. 인생의 아이러니다.
주로 기자님, PD님으로 불리지만 "뛰는 사람"
이라고 불리는 걸 두 번째로 좋아한다. (가장
좋아하는 호칭은 '작가?')
스포츠 장르를 보고 만드는 걸 넘어 스스로
달리며 새로운 세상을 살기 시작했다고 여기
는 중이다.

『스타디움 미디어』(커뮤니케이션북스, 2021)

1

아침의 달리기, 밤의 달리기

달리기는 ○○의 수단이다

달리기를 싫어했다

어려서부터 달린다는 행위에 즐거움을 느껴 본 적이 한 번도
없다. 초등학교 운동회에서 달리기 순위 도장을 받아 본 기억
은 손에 꼽힐 정도다. 2등 도장이 최고였던 것으로 기억된다.
중·고등학교 시절에도 마찬가지. 체력장에서 그나마 잘하는
건 윗몸 일으키기와 오래달리기 정도였는데, 아무튼 이런 종합
체육대회(?) 같은 평가의 장은 늘 불쾌한 가을의 기억으로 남
겨져 있다.

　물론, 뛰지 않고 살 수는 없다. 약속 시각에 늦어서, 저만치
앞에서 지하철이나 버스 문이 닫히려 하는 순간에, 빠르게 줄
을 서야 할 때 등 여러 순간을 달린다. 하지만 그 순간에도 나
는 늘 최대한 달리지 않고 사는 삶을 추구했다. 불과 10년 전쯤
만 하더라도 말이다. 궁극적으로 사람들이 왜 달리는지 이해하
지 못했다. 심지어 아침 조깅을 즐기는 이들을 보며 군대의 구
보를 떠올렸고, 마라톤 참가자들의 무릎은 곧 소멸할 것이라는
저주에 가까운 추측을 이어 가던 시절이 30년 넘게 이어졌다.

어쩌다 보니 고향 서울을 떠나 직장생활을 하기 위해 온 대구에서(그렇다. 대구에서 서울로 간 것이 아니라, 그 반대다) 갖게 된 직업이 스포츠가 중심이 된 기자와 PD였다. 그렇게 대구에서의 육상대회를 만나게 되었다.

나름 세계적인 스포츠 이벤트인 2011 대구세계육상선수권대회로 전 세계가 달리는 대구를 주목할 때도 '왜 힘들게 뛰는 걸까'라는 스포츠 기자답지 않은 삐딱한 시선을 가졌다. 내가 뛰는 건 물론이고 남이 뛰는 걸 보는 것조차 힘들고 지겨운 노릇인 건 스포츠 관련 방송 제작자로서 옳지 못한 태도였을지도 모르겠다. 그러거나 말거나, 나는 뛸 시간이 있다면 차라리 술잔을 앞에 두고 술판에서 달리기를 택했다.

몸은 갈수록 비대해지고 체력이 나빠지는 걸 느꼈지만, 그저 그 상황을 받아들일 뿐이었다. 오히려 살이 얼마나 더 찔까 흥미진진하게 체중계 위 숫자를 바라보며 '먹는 것'과 '마시는 것' 사이를 달렸다. 하지만 이런 생활은 오래 이어지기 힘들었다. 어느 순간, 얼굴은 통통함을 넘어 뚱뚱함에 가까워졌고, 상쾌한 아침과는 이별한 지가 언제인지 기억조차 나지 않았다. 밤에 더 많은 시간을 '달리기' 마련인 출장지의 아침은 더욱 힘들었다.

선수들이 줄곧 달리는 시간인 전지훈련을 취재하기 위해 떠난 출장에서도 그런 흐름은 이어졌고, 아침의 힘겨움은 오후에도 그리 큰 변화 없이 계속됐다. 대부분의 캠프가 그러하듯 휴양지의 쾌적한 숙소에서 뒤척이는 밤과 숙취로 피곤한 아침은 늘어 갔다. 변화가 절실해졌고, 이건 아니라는 위기의 경고등은 레드 사인을 보내고 있었다. 그때가 2015년 봄의 입구였다. (스프링 캠프 취재와 제작 기간은 늘 "봄의 입구"라 칭할 만하다. 비록 한국은 아직 추운 2월이지만.)

일본 오키나와 프로야구 캠프 취재의 어느 아침도 숙취로 시작됐다. 전날에 흥이 컸던 탓일까, 술이 과했던 탓일까? 숙취의 여파로 깊이 잠들지 못하고 내내 뒤척이다 새벽 무렵 몸을 일으켰다. 딱히 할 것도 떠오르지 않는 이른 아침, 무작정 숙소 앞을 빠르게 걷기 시작했다. 달리기까지도 아니다. 그저 3km 정도를 조금 빠르게 걸었을 뿐. 조깅 정도의 속도로 뛴 첫 경험이었다. 이것이 내 길고 긴 달리기의 시작이다. 그날 저녁, 전날보다 술은 달았고 잠도 잘 왔다. 심지어 다음 날 숙취도 없었다. '이것이 달리기의 힘인가' 생각하며 남은 출장 기간의 모든 아침을 달렸다. 운동화조차 제대로 없어 급하게 한 켤레를 사서 뛰다 보니, 어느덧 한국에 돌아와 있더라.

귀국 직후부터 달리기의 시간은 조금씩 늘어 갔다. 트레드밀 위에서, 동네 초등학교 운동장에서, 집에서 10분만 걸어가면 나타나는 대구 신천에서…. 어디서든 달렸고, 달리는 횟수는 일주일에 2~3번에서 절반 이상이 되었다가, 어느덧 거의 매일 달리고 있다.

아침 무렵 달리며 만나는 얼굴들이 주는 건강함은 일상의 모든 시간에 새로운 변화를 안겨 줬다. 나에게 아침 달리기는 세상의 건강함을 만나는 기회였다. 모든 러너가 그렇겠지만 나 역시 하루를 살아갈 새로운 힘을 달리기를 통해 얻을 수 있었다, 달리는 순간을 바탕으로.

달리는 행위 자체를 너무나 혐오하고 피해 왔던 약 30년의 앞선 시간을 뒤로하고, 10년 가까이 뛰는 사람으로 살고 있다. 원래 싫어했던 달리기, 하지만 이젠 내 삶에서 빠질 수 없는 달리기. 달리다 보면 딱, 그 순간이 찾아온다. 달리기가 좋아지게 되는 변화의 계기, 마치 영화의 한 장면처럼 극적으로 달리기가 좋아져 버리는 비현실적이고 믿기 힘든 순간이.

오늘도 난 그렇게 달리고 있다.

집을 나서는 건 여전히 힘들다

러닝 4년 차에 접어들면서 가장 많이 들었던 말은 "정말 살이 많이 빠졌다"이다. 뭐, 당연히 기분 좋은 이야기다. 멋쩍게 웃으며 "일주일에 한 4~5일은 뛰니깐요" 하면 늘 대단하다는 감탄이 이어진다. 익숙한 패턴. 하지만 정작 나는 이게 칭찬을 들을 만한 일인가 싶다. 왜냐고? 나의 러닝은 말 그대로 '습관적 러닝'이기 때문이다.

내게 묘한 강박감이 많다는 걸 느낀 건 그리 오래된 일이 아니다. 대개는 사소한 것들이다. 가령 누군가에게 문자를 보내거나 SNS에 소소한 일상을 올릴 때 각 문장 첫 단어의 글자 숫자가 저마다 달라야 마음이 편하다. 예를 들어, 첫 문장이 '오늘'(두 글자)로 시작했다면 두 번째 문장은 '그래도'(세 글자), 마지막 문장은 '참'(한 글자)이 되어야 하는 것이다. 그래야 뭔가 글이 이쁘게 느껴진다. 이 같은 사소한 집착은 다양하다. 외출할 때 나만의 루틴을 지키려는 것도 빼놓을 수 없다. 먼저 집을 나서기 전에 모든 옷의 주머니에 다 손을 넣어 본다. ―언젠가 넣어 둔 돈이라도 나오면 굉장히 기분이 좋아진다.― 휴대폰은 충전기에 한 번 더 올려서 100%를 확인해야 한다. 휴대폰을 충전기에서 꺼내기 전에 워치를 먼저 손목에 찬다. 3번째 구멍에 살짝 넣었다가, 4번째 구멍에 장착. 신발과 양말은 늘 왼쪽부터. 최근에는 마스크를 쓰고 나서 신발을 신는 루틴까지. 이 모든 게 어쩌면 삶을 피곤하게 만드는 강박의 하나다. 그리고 그런 강박의 가장 강력한 결과물이 바로 아침마다 이어지는 달리기이다.

어쩌다가 아침에 뛰지 못한 하루는 말 그대로 끔찍하다. 시작부터 뭔가 빼먹은 하루가 잘 흘러갈 리가 없다. 운동량이 부족하다는 스마트워치의 꾸지람은 이어지고, 저녁 약속 전에 뛸 시간을 만들 수 있을지를 계속 궁리한다. ―물론, 대부분 그 구상은 실패에 이른다.― 1년을 돌이켜 보면 달리기를 거른 날은 50일 정도다. 따지고 보면 일주일에 한 번 정도 쉴 뿐 거의 매일 뛰고 있는 거다. 달리기는 말 그대로 '취미'일 뿐인데, 하루 중 가장 큰 '업무'이자 '목표'로 자리한다. 성과를 이루지 못하면 우울하기까지 하니, 더 말할 필요도 없을 듯.

나라고 아침에 뛰는 게 마냥 즐겁기만 할까? 그렇다고 보기는 어렵다. 우선 아침에 일어나기부터 쉽지 않은 데다, 일정이 바쁜 날에는 뛰는 시간 자체가 애매하게 확보된 경우도 허다하다. 날이 더워서, 날이 추워서, 비가 오고, 미세먼지가 심하고 등 뛰고 싶지 않은 이유는 거의 격일로 찾아오고, 심하게는 한 계절 전체가 뛰기 좋지 않은 시간으로 이어지기도 한다. 매일 나서는 발걸음에는 고비가 있고, 그 모든 저항을 이겨 내야 한다는 부담이 있단 이야기다.

애써 힘들게 나선 후에도 힘겨움은 또 찾아온다. 뛰는 동안 즐거움만 있으면 좋겠지만 세상은 만만치 않다. 잘못된 자세와 습관이 불러오는 소소한 부상들이 있고, 이 모든 걸 극복하더라도 다리는 아프고 몸은 지친다. 이쯤이면 도대체 왜 뛰는 것인지 스스로 궁금할 지경이다. 집을 나서는 발걸음이 가벼운 날보다 무거운 날이 많고 뛰면서도 어려움을 만나는데, 그런데도 내가 매일 뛰는 이유는 뭘까. 또렷하게 떠오르는 답은 없다. 그저 매일의 일상을 시작하는 하나의 루틴이자, 내 많은 강박의 시작점이라는 것 정도? 그런데 그런 소소함으로 달리다 보니 어느덧 이곳에 와 있다.

4~5년의 시간은 몸의 건강과 외형의 보기 좋은(당연히 '과거보다'라는 전제를 달아야 한다) 변화가 먼저 다가올 테지만, 더 큰 장점은 사실 보이지 않는 곳에 있다. 1년의 거의 모든(특히 주말은 100%에 가까운) 아침, 하루의 시작을 나 혼자만의 시간으로 오롯하게 30분 이상 보낼 수 있다는 것이다. 최대한 아무 생각도 하지 않기 위해 노력하는 그 시간의 가치는 아침 풍

경과 함께 매우 소중하다. 어느 순간 무념무상에 이를 수 있는 건 달리는 순간에 맛볼 수 있는 찬란한 경험이다. 때로 그 지점까지 가지 못하거나 머릿속이 내내 복잡한 달리기도 없지 않았으나, 그 또한 나의 하루에 다른 일상이 기다린다는 의미일 것이다. 여러 갈래의 고민과 이야기들이 기다리거나, 아니면 꽤나 스트레스를 받거나 반대로 매우 기대되는 일이 있거나, 어찌됐든. 하루에 대한 마음의 준비를 하는 시간으로 아침 달리기는 존재한다. 말 그대로 "준비운동". 그 매력을 알기에, 그 소중함을 매일 느끼기에 나의 습관적 러닝은 무수한 강박을 동반한 채 오늘도 이어진다.

밤의 달리기는 아침을 괴롭게 한다

달리기는, 잘 모르는 이들에게는 그리 흥미롭지 않은 운동이다. 게임적 요소는 없을뿐더러, 대부분 혼자 달리는 시간이 많다는 점에서 솔직히 그 어떤 재미를 이야기하긴 쉽지 않다. 내게 찾아온 긍정적인 변화를 목격한 이들은 분명 예전보다 달라진 외형을 보면서도 그것이 오로지 달리기 때문이었나, 혹은 그럼에도 달리기의 단점은 없을까 하는 의혹을 바탕에 두고 묻는다. "왜 달리는가?" "달리면 뭐가 좋은가?" "지겹지 않은가?" 이런 질문들에 멋쩍게 웃어넘기는 것 외에는 별다른 답이 사실 없다. 그런데도 이런 질문을 계속 받으면 한 번쯤은 생각해 보게 된다. 나의 달리기는 왜 이토록 이어지는 걸까?

가시적인 변화가 보일 만큼 살이 빠졌고, 일어날 때 몸의 느낌이 달라졌다. 몸은 예전보다 좋아진 걸 분명히 느낀다. 하지만 이것들이 달리는 이유의 전부는 결코 아닐 터. 스스로에게 다시 질문을 던져 본다. 과연 나는 어떤 이유로, 왜 달리는가.

4년이 넘는 시간을 거치며, 때때마다 찾아온 위기를 넘기고 달리기를 이어 갈 수 있었던 이유는 분명하다. 포기가 가깝고, 달리기 싫어질 때마다 나에게 동기 부여가 됐던 달리기의 효험은 바로 '밤의 달리기'가 쉬워졌다는 거다. 달리기는, 밤의 술자리에서 빛나는 효과를 보여 주었다.

20대 초반부터 본격적으로 이어진 음주는 10년을 훌쩍 넘어서면서 감소하는 주량과 늘어나는 주사로 '술에는 장사 없다'는 말의 의미를 확실히 느끼게 해 주었다. 업무 특성(?)상 결코 적지 않았던 술자리는 살이 찌고 나태해지는 속도를 더 빠르게 만들었고, 어느 순간부터 음주 전후로 편의점 숙취해소제에 손이 가는 나를 만나게 했다. ─물론, 그 약품들의 효과에는 그 어떤 확신도 아직 없다.─ 음주 기량 감소는 노화의 빠른 척도라 여기며 술을 줄이기보다 술자리에서의 실수를 줄이는 데 집중했던 날들. 그런데 이 처절하고도 우울한 변화는 달리기의 시작과 함께 새로운 방향, 완전히 다른 날들로 전환됐다. 출장지에서 아침 산보와 반신욕 세트를 치렀던 날, 저녁 자리의 상쾌함이 달랐다. 일시적인 현상이거나 일종의 플라시보 효과가 아닐까 하는 의심도 들었지만, 정기적인 달리기로 20대보다 나아진 술자리의 기량을 확인하며 이건 과학이라고 확신했다. 갈수록 나아지고 달라지는 나를 만나게 된 것이다.

아침의 달리기가 불러온 밤의 달리기의 변화! 아침에 달린

만큼 밤의 달리기는 즐거웠고, 덜 힘겨웠으며, 아침에 흘린 땀 이상의 수분(?)이 몸에 부드럽게 흡수되는 경험을 했다(결코 긍정적으로 보지 않는 가족들의 씁쓸한 시선이 느껴지는 대목이다. 예전에는 취하지 않게 마시라 정도의 조언이었다면, 이제는 "작작 마시라"는 탄식이랄까?). 원래부터 필름이 끊기거나 심하게 취하는 편은 아니었지만, 아침 달리기가 몸에 완벽하게 익숙해진 뒤부터 술자리에서는 '블랙박스'급 기억력과 '제조상궁'급 흥겨움까지 더해 과거보다 훨씬 더 강해진 나를 만나게 된 거다.

달리기가 건강에 주는 효과를 분명하게 느끼게 해 준 순간이, '건강'이라는 말과는 어울리지 않는 술자리라는 점이 다소 어색하다 할 수 있겠지만, 나의 아침 달리기는 분명 밤의 달리기를 강하고 즐겁게, 또 길게 만들어 줬다.

문제는 이 밤의 달리기가 길어진 다음 날 아침, 다시 달려야 할 순간에 나타난다. 신났던 지난밤의 흔적은 피로로 이어지고, 그렇지 않아도 나서기 힘든 아침 달리기에 절대적인 걸림돌로 자리한다. 일반적인 기상과 출근에도 영향이 적지 않을 전날 술자리의 여파가 이른 아침의 달리기엔 오죽하겠는가?

밤의 술자리에서 펼친 달리기가 다음 날의 아침 달리기에 미치는 부정적 효과를 시인한다. 분명 일어나기 힘들긴 하다. 피로에 진 날이면, 술자리의 직접적인 기량 저하로 이어질 수 있다는 위기의식에 사로잡히고, 거기에 아침 달리기를 거른 뒤 다시 밤의 달리기에 힘겨움을 느끼게 되는 악의 무한 고리까지. 고민이 깊어진다. 마치 갈림길에 선 것처럼 밤과 아침, 둘 중에 한 가지를 골라야 할 것만 같은 기분이 든다. 아침의 장점도 포기하기 싫고, 밤의 즐거움도 놓을 수 없는 마음 사이에서 선택은 강한 압박으로 러너의 마음을 무겁게 누른다.

결과적으로 나의 선택은? 뭔가 하나의 고통을 참는다면 술자리를 피하는 고통보다, 아침 기상의 고통을 참기로 했다. 조금 힘들더라도 숙취 해소 방법의 하나로서 달리기를 선택한 것이다. 이후 '달리기'라는 자기관리가 숙취 해소와 건강 증진이라는 요소로 자리하게 되었다. 아침 달리기는 발이 피곤하지만 몸을 가볍게 하고, 밤의 달리기는 간이 피로하지만 스트레스를 날린다. 아침 시간 길에서의 달리기는 저녁 시간 사람들과 술잔을 나누는 두 번째 달리기가 되고, 그 두 번의 달리기는 삶에서 '달리기'라는 하나의 큰 틀을 이루었다는 궤변이 만들어졌다. 나의 아침 달리기는 밤의 달리기를 애써 변호하는 그런 과정에 서 있는 것이다.

숙취가 남은 아침의 달리기는 쉽지 않다. 처음엔 뛰다가 곧장이라도 토할 것만 같았다. 그러나 인체의 신비는 놀라웠고, 인간은 정녕 적응의 동물임을 느꼈다. 갈수록 음주 다음 날 아침 러닝에도 기술과 패턴이 생겼고, 정교하게 몸의 적절한 해

소점을 찾는 지경에 이르렀다. 그 어떤 해장템보다 더 신박한 해장의 수단으로 달리기의 가치를 숭고한(?) 지경까지 올릴 수 있게 된 것이다. 술자리와 달리기 연합조직이라도 있다면 나를 홍보대사로 위촉해야 하지 않을까 하는 생각을 해 본다. 뭐, '생각을 해 봤다'는 말 자체가 사실은 거짓이다. 주위 거의 대부분의 사람들이 이 이야기를 너무 많이 들었다. SNS에서도 늘 아침의 달리기와 저녁 술자리 포스팅이 이어지는데 어찌 모르겠는가? 과연 이 달리기 홍보대사라는 것이 '진정한 달리기' 쪽인지 아니면 '술자리 달리기' 쪽인지 나도 헷갈린다. 스스로 어디에 방점을 찍었는지 모르겠지만, 오늘도 난 술자리에서 아마 같은 농담을 하고 있을 것이다.

밤의 달리기와 아침의 달리기는 얼마간의 힘겨움을 가진 채 양립하며 러너의 시간을 관통해 흐르고 있다. 비록 오늘 아침도 다소 입이 쓰고 전날 먹은 안주들의 무게로 속도는 떨어졌지만 난 동네를 달렸고 오늘 밤, 또 그 어딘가 술집에서 달릴 것이다.

달리기 좋은 시간과 장소

매일 아침을 달리는 삶을 이어 가다 보면, 달리기에 흥미를 느낀 이들과의 대화가 유연해지기 마련이다. 쉽지 않은 도전이라는 점에서 서로를 향한 응원과 격려, 그리고 이 운동의 효과에 대한 이야기가 주가 된다. 뛰는 삶에 관한 여러 질문들 사이에 살짝 흥분한 자신과 만나며 조금 더 이 취미에 긍정적인 마음도 가지게 된다. 말 그대로 달리기 전도의 시간. 그런데 이때 빠지지 않는 필수 질문이 두 가지 있다. 하나는 어느 시간대에 달리는 것이 좋은가이고, 다른 하나는 어디를 달리면 좋은가이다.

시간대의 경우는 쉽다. 운동학적으로 아침과 저녁의 장단점을 소상히 설명한다. ─나름 체육학 석사 학위를 가진 사람의 입장에서 꽤 신빙성이 있다고 주장한다.─ 운동학적으로 아침 공복이 지방 소비라는 측면에서는 가장 탁월하다는 것, 그리고 습관으로의 달리기라는 지점에서도 아침이 더 좋다고 조언한다. 저녁 시간은 야근이나 회식 등 변수가 많지만 아침은 그런

변수가 적다. 그러니 일어날 수만 있다면 아침이야말로 최적의 달리기 시간대라고 추천한다. 하루를 적극적이고 밝은 마음으로 보낼 수 있다는 효과도 덤으로 함께한다. 물론, 아침 시간 달리기가 좋은 점만 있다고 할 수는 없다. 새벽이 대체로 대기 오염 농도가 높고, 혈압에 문제가 있다면 아침이 위험할 수 있다는 점은 참고해야 할 대목. 시간대에 대해서는 이 정도 설명이면 대부분 더 이상의 질문은 이어 가지 않는다.

그런데 코스에서는 이야기가 다르다. 말 그대로 질문과 답변이 "꼬리에 꼬리를 무는" 경향을 보이기 쉽다. 이를테면 이런 식이다.

A: 어디를 뛰는 게 좋은가요?

나: 가까운 곳, 근처를 뛰는 게 좋죠.

A: 근처는 다 대로변이고, 신호도 많은 동네인데요.

나: 그렇다면 가까운 공원이나 강변, 뭐 이런 곳….

A: 거기까지는 어떻게 갑니까? 차로도 20분은 걸리는데?

나: 그러면 거기까지도 살짝 뛰어가시면….

A: 아니 차가 많아서 뛰다, 서다, 걷다 반복이라 별로라서요.

나: 그러면 동네 공원이나, 뭐 근처에 숲이라도?

A: 그런 곳에 주차는 어떻게 합니까?

나: ….

이쯤 되면 자신이 뛰기 싫은 이유를 나에게 말하는 것이 아 닐까 하는 의심마저 든다. 부동산이 무서운 시대에 이사를 권 할 수도 없고, 그렇다고 30분 달리기를 위해 왕복 40분의 운전 을 권하는 것도 웃기다. 주차 문제, 주거 공간 주변의 차량 문 제, 근린공원 시설상의 문제까지 이르면 이건 달리기 상담이 아니라 민원인을 만난 지역 의원이 된 듯한 느낌이다.

달리기 좋은 코스는 엄청나게 많지만, 그곳에 가서 뛰는 건 주말 정도나 가능한 이벤트다. 매일의 달리기엔 말 그대로 '그 림의 떡' 같은 존재일지 모른다. 그렇다면 난 어디를 달리냐 고? 나는 위에서 이야기한 모든 곳에서 달리고 있다. 아파트 입구에서 시작해 아이들이 다니는 초등학교 앞을 지나, 대로변 을 거쳐 동네에서 가장 가까운 러닝 코스라 할 대구 신천까지 는 대략 2km 정도다. 왕복만으로도 매일 기본적으로 달리기 로 마음먹은 4km는 이미 달성이다. 천변을 달리는 시간은 달 리는 시간 중 가장 짧고, 나머지 시간은 신호에 막히거나 차를 피하고 그저 아침을 일찍 시작한 사람들 사이를 달릴 뿐이다.

일상의 거리를 달리는 아침은 지면의 딱딱함과 페이스 조절 의 불편함을 바탕에 두고 있다. 나 자신을 칭할 때, 웃으며 "스 트리트 러닝 파이터"라 하곤 했는데 이는 매우 현실적인 나의 달리기 상태에 대한 평가이다. 전투적인 마음으로 주변을 경 계하며 달려야만 그날의 달리기를 무사히 마무리할 수 있다.

평일 아침의 달리기는 만족감보다 의무감이 더 크다. 왜 집 근처에 공원, 산, 물가가 없는지에 대한 불만은 기본적으로 쌓여만 간다. 그러나 이상의 영역은 거대 담론, 그저 나는 집 앞 도로를 달리며 만족할 뿐이다. 그러다 보니, 주말에 러닝크루들과 코스를 정해 뛰는 시간은 선물과도 같다.

이런 점에서 나의 여행지 선택에도 변화가 생겼다. 나는 휴양지 여행에 매우 부정적인 사람이었다. 그런데 어느 순간부터 제주를 포함해 휴양지로의 여행은 마치 대회 출전처럼 가슴을 뛰게 한다. 연애 시절부터 도시 여행을 선호했던 나의 여행관이 변화했다는 점에 아내는 기뻐하고, 수영장이 여행지 선정에 우선순위였던 아이들도 달라진 아빠의 여행 스타일에 만족한다. 물론 아직도 수영장은 그리 좋아하지 않고, 휴양지에선 아침 달리기와 식사 시간 정도만을 의미 있게 두고 있지만.

다시 원래 질문으로 돌아와 본다. 달리기 좋은 시간과 장소? 그런 건 없다. 모든 것은 나의 문제이다. 내 마음에서 답을 찾아야 한다. 어디를 달리더라도 내가 만족한다면 그 코스는 나에게 최적의 코스다. 어느 시간에 달리더라도 내 마음에 평안이 찾아오고 좋은 시간으로 기억된다면 그때가 바로 내가 달릴 시간이다. 그래도 굳이, 반드시 답을 해야 한다면, 시간의 영역에는 답이 있지만 장소 부분에는 답이 없다는 게 나의 답이다. 달리기 시작한 그대에게, 그리고 달리기를 이어 온 지 수년이

흐른 나에게 '달리기 좋은 곳'은 없다. 그저 달리다 보면 그곳이
어느 순간 좋아질 뿐이다.

뛰기 싫어지는 마음을 이겨 내는 방법

"달리기, 정말 재미있습니다. 하다 보면 그 매력에 빠져 정신을 못 차리죠."

이렇게 말하는 사람과 같이 뛰어선 만만치 않은 힘겨움을 경험하게 될 거다. 이들은 말 그대로 프로다. 40대에겐 전력 질주와도 같은 속도를 2~30분 이상 거뜬히 유지하며, 뛰는 내내 대화가 가능한 사람들이다. 당연히 숨이 차지 않는다. 내공이 쌓여야 가능한 이야기다. 아직 레벨이 그리 높지 않은 나에겐 먼 이야기.

매일 아침 뛰지만, 시작점에서 편하거나 기쁨에 정신을 못 차린 경우는 흔치 않다. 엄청난 대회에 참여했다면 모를까. 흔히 말하는 '러너스 하이'(Runner's High)와 같은 강렬한 쾌감과 만나는 달리기는 매우 드물다. 정작 제대로 그 느낌을 겪어 봤는지조차 의심스럽다. 물론 내가 열심히 달리지 않았기 때문이기도 할 거다. 아무튼 내가 하려는 말은, 달리며 즐거운 순간은 드물다는 것. 그렇기에 뛰기 싫어지는 때에 대한 대비책을 미리 만드는 건 매우 중요하다.

지금 소개하는 건, 내가 만들어 둔 뛰기 싫어질 때, 뛰기 힘들 때, 첫걸음이 힘든 순간을 극복할 방법들이다. 물론 매우 개인적인 방법이기 때문에 어떤 이는 이것으로 그다지 큰 효과를 보지 못할 수 있다. 아쉽지만 그건 개인의 영역이니깐 항의나 불만 토로, 뭐 그런 것들은 사양한다.

하나, 체중계에 올라선다

현대를 살아가는 우리에게 불편한 존재라 할 수 있는 체중계. 그 체중계의 숫자를 보며 뿌듯하긴 쉽지 않을 거다. 통장의 잔고와 반비례하듯 커져 가는 체중계의 숫자를 보며 입 밖으로 내뱉는 혼잣말은 "운동 좀 해야겠다"가 아닐까? 바로 이 지점이 뛰러 나가는 시간과 연결된다는 것!

3년 넘게 이어진 달리기 덕에 체중의 앞자리를 바꾼 나에게 체중계의 자극은 꽤 강렬하다. 오늘도 또 한 번의 앞자리 교체를 위해 다시 밖으로 나선다. 달리다 힘들어지는 순간에, 체중계의 숫자를 떠올려 보자. 달려 나가는 힘을 얻을 것이다.

둘, 운동화와 운동복을 구입한다

어떤 취미 생활을 시작하더라도 가장 먼저 하는 건 관련 용품을 지르는 것이다! 풀 세팅을 갖춰야 그다음 단계로 갈 수 있지 않겠는가? 운동화나 운동복이라는 이름으로 집에 있는 아무거나 입고, 신고 나서는 건 예의가 아니다. 여타의 종목에 비하면 관련 장비가 뭐 없다 할 수준인 운동이지만, 이 시장도 절대 만만치 않다. 러닝화, 러닝복 시장이 얼마나 방대하고 어마어마한지는 이 세계에 입문해 보면 안다. 처음 경험하는 넓은 광장 가운데 하나다. 각자 스타일에 맞춰 장바구니를 채워 보자. 배송 상자가 도착한 그날이 뛰는 첫날이 될 터. 우리의 러닝은 일단 새 신과 새 옷에서 비롯된다.

셋, 러닝크루에 가입한다

홀로 나서는 건 결코 쉽지 않다. 주변 동네에서 함께 뛰는 친구가 있으면 그 친구를 만난다는 구실에서라도 약속이 만들어지기 마련이다. 그런데 2명은 포기로 향할 가능성이 크다. 동네가 가깝거나 또래가 있는 러닝크루에 가입해 보자. '러닝크루'라는 이름으로 모여 달리는 사람들과의 시간을 통해 달리기의 새로운 매력을 경험하게 될 거다. 사람들이 좋아서 달리고, 또 그렇게 같이 달리는 시간이 좋아서 모이게 되는 선순환의 구조를 만날 수 있다. 혹시 아는가. '러닝'이라는 도구가 당신 삶에 새로운 반전이자 기회로 다가올지? 새로운 인연이 지금 어딘가 달리고 있을지 모르니 말이다.

넷, 뛰면서 자주 기록을 체크한다

이건 사람마다 차이가 있다. 달리는 동안 최대한 기록을 덜 봐야 덜 지친다고 하는 사람들도 있다. 그런데 나의 경우에는, 계속 기록을 체크하며 뛰는 편이 오랜 시간을 뛰는 데, 또 매일 뛰러 나가는 데 큰 도움이 됐다. 스스로 진화하는 달리기를 만나기도 하고, 때때로 기록에는 변화가 없는데 힘겨움이 커진 걸 보며 컨디션 체크도 가능하다. 이것도 어디까지나 잘하는 방법을 고민하며 조금씩 기량 발전이 이뤄져야 재미가 있다. 기록을 수시로 체크하고 자신의 달리기를 점검하는 것, 슬럼프를 극복하는 묘안으로 추천해 본다.

다섯, 어플과 SNS를 사용한다

노력에는 보상이 따라야 흥미가 유지되는 법. 사실 달리기에는 보상이 그리 많지 않다. 체중 감량은 꽤 오랜 기간을 달려야 가능한 결과물이고, 건강 증진이나 좋은 기분은 매우 이상적인 영역의 보상이다. 결국 직접적이고 직관적인 보상은 달리기의 과정에서 만나기 쉽지 않다. 그래서 내가 찾은 또 다른 보상의 수단은 바로 '자랑'이다. 달리는 모습을 공유하며 타인의 칭찬을 경험하는 것이다. 과거에는 동호회, 러닝크루에서나 가능했던 이 칭찬의 영역이 최근엔 SNS를 통해 매우 폭넓어졌다. 멋진 공간을 멋진 시간에 달린 뒤 멋진 포즈로 사진을 찍어 SNS

에 올려 보자. 은근하게 늘어나는 '좋아요'에 오늘의 달리기가 조금 더 뿌듯해진다. 달리다 보면 달리기가 싫어지는 순간이 분명 있지만, SNS로 러닝 근황을 올리며 스스로와의 약속을 조금 더 지켜본다. 불특정 다수의 응원과 함께.

달리다 보면 곁에 있는 사람들

달리기는 혼자 하는 운동이다. 그리고 그것이 이 종목에서 나타나는 가장 흔한 포기의 이유이자, 지속력이 떨어지는 원인이기도 하다. 마라톤 대회에 수많은 사람이 모일지언정 뛰는 순간에는 자기 자신만이 있을 뿐이다. '혼자만의 의식과 생각들을 담아 오로지 한 발 한 발 내딛는 과정'이라는 식으로 달리기를 묘사할 수 있겠다. 그런데 역설적이게도, 달리다 보면 곁에 함께하는 사람들의 존재가 순간마다 무시할 수 없는 크기로 자리한다.

대회부터 살펴보면, 출발선에 함께한 무수한 사람들의 존재가 오늘의 달리기에 대한 기대감을 더하는 요소다. 주최 측에서 준비한 페이스메이커와 단체로 참가한 여러 기관의 사람들이 대회의 흥을 더한다. 길가에는 모르는 이들이 모르는 이들의 달리기에 큰 박수를 보낸다. 한 걸음을 더 빠르고 힘차게 달릴 힘이 이런 함께하는 과정에서 만들어진다. 코로나19로 인해 많은 대회들이 비대면 방식의 혼자 뛰는 대회로 바뀌다 보니 뒤늦게 달리기의 매력에 빠진 이들은 이 맛을 잘 모른다. 과거 이런 대회의 재미와 맛을 경험한 이들에겐 그리움이 깊게 자리한다.

물론 코로나19 이전에도 대회만으로 달리기의 시간을 모두 채울 수는 없었다. 개인적인 달리기 시간을 돌이켜 봐도 그렇다. 거의 8할이 넘는 순간을 혼자 달렸다. 그리고 앞으로도 나의 달리기는 나 홀로의 시간이 많을 것이다. 물론 재미, 의지, 쾌감 등 많은 면에서 함께하는 이들이 있을 때 즐거움은 배가 된다. 하지만 그 재미만을 좇을 수 없기에 홀로 달리는 시간의 매력을 찾고, 또 홀로 달린 시간을 가치 있게 추억한다. ―이 이야기는 나중에 말할 "그래도 달리고 있다"에서 실컷 뽐낼 부분이니 여기까지 하자.

가까운 이들과의 시간에도 이젠 일상처럼 달리기를 포함시킨다. 가족 여행에 달리기 코스를 잡아 두면 아이들은 싫어하면서도 어느 순간, 천천히 같이 달리고 있다. 아내는 어느덧 나의 달리기를 존중하며 아이들에게 아빠와의 동행을 권한다. 그렇게 같이 걷고 뛰는 시간이 늘어 간다. 아들 녀석이 자전거를 타고 내 뒤를 좇는 시간, 딸과 산을 오르며 같이 걷는 시간이 늘수록 그 소중함은 깊어진다.

직장생활에서 가장 많은 시간을 보내는 보도국 동료 중에도 같이 뛰는 사람들이 생겼고, 아침 시간에 같이 달려 본다고 어렵게 시간을 내는 선후배들이 있다. 오후 무렵이면 회사 옆길을 같이 걷는 후배가 있는데, 내가 '뛰는 사람'이 되리라 생각조차 못했다고 말하곤 한다. 나 역시 그 의견에 200% 공감한다. 4년쯤 전에 찍은 사진을 보면 지금의 나와는 다른 내가 있다. 그리고 그 시절을 기억하는 이들은 모두 그때의 나와 지금의 나를 비교하며 나의 달리기를 칭찬한다. 이런 낯간지러운 칭찬은 나를 다시 뛰게 하는 동력이 된다. 뛰는 시간을 그런 이야기와 함께하면 달리기는 더욱 즐겁다. 분명 누군가 곁에서 함께 달리면 즐거움은 커지고, 달리는 의미는 더 깊어진다.

여기서 러닝크루 이야기를 하지 않을 수가 없다. 달리기를 즐기는 사람에게 '함께하는 이들'로 러닝크루만 한 존재가 없을 테니. 수년간 홀로 달리던 끝에 주변 동료들 위주의 러닝크루가 만들어졌다. 코로나19가 모든 것을 멈춰 버리게 한 때였다. "러너스 런어스"(RUNNERS X RUN US)는 어느덧 내 곁에서 가장 뚜렷한 존재감을 강렬하게 뿜고 있는 이들이다.

뒤늦게 합류했지만 가장 좋은 러닝을 선보이는 에이스 K, 달리기 위해서 살을 빼고, 살을 빼기 위해 달리는 M, 평일에 시간을 내기 힘든 탓에 주말엔 꼭 달리려 하는 S, 너무 운동을 좋아하다 보니 이런저런 부상이 자주 있지만 그래도 달리는 L, 1년 사이 가장 큰 기량 발전을 보여 준 H, 늘 힘들다고 하면서 정작 달리기 시작하면 빼어난 모습을 보이는 L까지. 이 친구들과의 시간은 나에게 '달리기의 힘'과 '관계의 힘'을 보여 준다. 또한 서로 긍정적인 에너지를 주고받는 가운데 어제와는 다른 내일을 향해 달리는 걸 느끼게 한다. 무엇보다 함께 달려 주기에 고맙고, 같이 하기에 더 잘 달릴 수 있게 하는 크루. 이들과 함께하며 '같이'의 '가치'를 늘 배운다.

달리다 보면 길에서 만나는 모르는 사람들과도 인사를 주고받는다. 그 순간, 달리면서 느끼는 힘겨움이 조금 사라지는데 심지어 친한 사람들, 함께하는 사람들의 응원과 따뜻한 격려, 관심은 얼마나 좋겠는가? 달리다 보면 힘겨운 순간이 분명 있다. 이때 곁에 있는 사람들이 곧 그 모든 어려움을 극복하는 힘이다. 여기서 중요한 건 누군가와 늘 함께할 수는 없다는 점이다. 시간을 맞추고 장소를 잡는 과정에서 모두가 가능한 지점을 찾는 건 쉬운 일이 아니다. ─계절의 영역까지 가면 더 복잡하다. 은근 뛰기 힘든 계절이 많다는 것.─ 그래서 함께 달리는 순간은 더욱 소중하다. 혼자 하는 종목인 달리기에서, 우리는 서로 함께하는 시간의 힘과 가치를 배우게 된다.

달리는 이유가 될 수는 없겠지만, 달리는 가치가 돼 주는 함께하는 사람들. 그런 이들이 좀 더 많아진다면 우리 삶은 여러 의미에서 더 건강해지지 않을까? 평범하지만 건강한 삶, 그동안은 당연하게 주어진다 생각했던 순간이 더욱 소중해진 날들이다. 우리 곁에 함께하는 이들의 얼굴을 더 많이 보며 같이 뛸 수 있는 날을, 달리는 순간을 사랑하는 많은 이들이 함께 뛰는 그런 기쁨을, 달리는 이들을 향해 더 큰 우리가 힘찬 박수와 마음 편한 환호성을 보낼 수 있는 그런 순간을 기다려 본다. 또 기대해 본다.

달리기가 싫어질 때, 힘겨울 때, 지칠 때, 포기하고 싶을 때, 그땐 사람이 답이다.

그래도 달리고 있다

봄이다, 달리기 좋은.

꽃이 피고, 날이 따뜻해졌다. 쌀쌀함이 완전히 사라지진 않았지만 바람 사이에 포근함이 느껴진다. 겨울 동안 다소 웅크렸던 몸을 펼 시간. 달리러 나온 강변 둔치에는 사람들의 옷차림도 한결 밝은색으로 변해 있다. 미세먼지? 황사? 아침저녁의 기온차? 집 밖으로 나가기 싫은 이유도 없지 않다. 하지만 달리다 보면 그 모든 것은 핑계였음을 알게 된다. 봄은 결코 놓칠 수 없는 소중한 달리기의 경험을 제공한다.

여름이다, 땀이 흐르는.

조금만 달려도 땀이 주룩주룩 흐른다. 이만큼 운동 효과가 극렬하게 커지는 계절이 있을까? 여름은 무슨 운동이라도 짜릿함을 더하는 계절이다. 고로 달리기에도 최고의 시즌이라 할 수 있을 터. 따가운 햇볕과 폭염, 열대야와 같은 힘겨움이 있지만, 그런 걸 다 따지다 보면 우리는 달릴 수 없다. 달리다 보면 오히려 더위 그 너머에 있는 시원함과 상쾌함까지 만나는 계절이 바로 여름이다. 여름의 뜨거움은 달리기의 열기도 한 단계 더해 준다.

가을이네, 밖으로 나가는.

단풍이 들고, 바람이 시원해진다. 여름의 끝자락부터 쾌적함은 덤으로 함께한다. 가을만큼 밖으로 나가기 좋은 시기가 있을까? 운동회의 계절이자, 많은 프로 종목들이 절정으로 향해 가는 시기. 마라톤 대회도 줄지어 열린다. '가을'이라는 이름은 그 자체로 어딘가로 가고 싶은 마음을 담고 있는지도 모르겠다. 비록 자주 배가 고프고, 사람들이 너무 많아 어디로 가든 차가 밀리지만. 이 계절의 달리기는 1년 중 결코 놓칠 수 없는 매력을 품고 우리 곁에서 짧게 펼쳐진다.

겨울이군, 추울 때 뛰어야지.

1년이 이렇게 훌쩍 지나간다. 그리고 새해가 찾아온다. 뭔가 정리하고 새롭게 결심하는 계절인 겨울만큼 달리기와 어울리는 시기도 드물지 않을까? 혹한의 날씨, 한파주의보라는 핑계엔 뛰면 열이 오른다는 답을 해 주고 싶다. 추워서 나가기 싫다고 웅크리기보다 밖으로 나가 보자. 생각보다 상쾌한 찬 바람에 웅크리고 있던 몸이 조금씩 펴지는 걸 느끼다 보면 이 계절 달리기의 매력에 빠지고 만다. 한 해의 끝이라서, 새해라서 그 의미가 또 다를 것이다. 우리의 끝을 보며 시작을 향하기에 달리기만 한 것이 없다.

멈춘 계절 코로나19, 그래도 달려야 한다.

코로나19와 함께 우리에게 많은 변화가 있었다. 몸을 지킨다는 이유로 바깥 활동을 줄이고 운동을 못 하여 오히려 더 건강을 지키지 못하는 아이러니에 빠진 날들. 그러니 더욱 우리는 달려야 한다. 달리다 보면, 면역력이 커지고 감정적 연약함까지 극복하게 되는 마법 같은 경험을 마주한다.

몸을 지키는 것만큼 마음을 지키는 것이 중요해진 시대이다. 달려야 할 이유는 충분하고, 달리기의 가치는 크다. 새로운 한 해가 다가오면 운동을 결심하듯, 코로나19 이후에 대한 각오를 새롭게 할 시간이 조금씩 다가오고 있는 느낌이다. 그날을 건강히 맞이하기 위해서라도 오늘도 달리기는 멈출 수 없다.

코로나 이후, 다 같이 달리는 시간.

모일 수 없기에 사라진 마라톤 대회들에 대한 그리움과 아쉬움이 깊다. 러너라는 이름으로 대회에서 달리고 싶은 건 당연한 노릇. 위드 코로나 시대를 거쳐 포스트 코로나 시대를 향하는 지금, 함께 모여 달릴 수 있는 시간이 너무나 기다려진다.

이제는 그 기억조차 희미해진 "ＯＯＯＯ마라톤대회", 가슴에 모두 같은 무늬 번호표를 달고 서로 다른 숫자로 함께하는 시간. 이 기억은 분명 곧 다시 현실이 될 수 있겠지?

꼭 대회가 아니어도 좋다. 러닝을 위한 크루들의 시간이 아니어도 괜찮다. 홀로 뛰는 시간은 결국 모두 연결될 것이고, 혼자 뛰다 보면 어느 순간 함께 하는 이들이 곁에 서 있을 것이다.

함께 뛰는 시간을 기다리는 날들은 매우 길고 지루했을지 모른다. 하지만 그 시간들을 돌이켜 보면 혼자 뛰고 또 같이 뛰며 잘 견뎌 왔다. 그리고 이제 거의 우리 곁에 돌아온 함께 뛰는 시간은 더욱 앞으로의 달리기를 기대하게 한다. 과거에 그랬듯이 앞으로도 마찬가지다. 달리다 보면 잠시 쉬어 가는 순간이 있을지 모르겠지만, 우리는 결국 달릴 것이다.

우리 삶 속의 달리기는 늘 진행 중이다. 긴 기다림의 끝에서 이젠 다 같이 달려 나가자. 다시 또 여러 힘겨움을 만나겠지만, 달리다 보면 다 스쳐 지나갈 이야기다.

손우성

문화일보 기자

8년 차 신문기자. 달리기에 무심하다. 강변을
따라 달리는 사람들을 보면서 "힘들겠다" 무
심한 한마디를 내뱉는다. 누구나 한 켤레는 갖
고 있다는 러닝화 한번 사 본 적이 없다. 건강
관리는 홍삼 한 팩으로 충분하다. 하지만 오늘
도 어쩔 수 없이 달린다. 인터뷰 시간에 늦지
않기 위해서!

2

취미는 아니지만
매일 달립니다

달리다 보면 ○○이 잡힌다

광어를 품에 안고 달린 사나이

달리기에 대한 글을 써 보지 않겠느냐는 제안을 받고 가장 먼저 생각난 순간은 2014년 12월 어느 추운 겨울날이었다. 사회부 수습기자였던 나는 서울 성북구의 한 백화점에서 한껏 들뜬 연말 분위기를 취재하고 있었다. 올해 크리스마스 선물로는 뭐가 잘 팔리는지, 예년과 다른 트렌드는 없는지 등을 살피고 다녔다.

신문사에 입사하면 6개월 남짓 사회부 수습 기간을 거친다. 경찰서에서 먹고 자면서 밤낮으로 사건과 사고를 쫓아다닌다. 형사과와 강력계를 전전하며 "기삿거리 될 만한 게 있습니까?" 묻다가 쫓겨나기 다반사고, 어디 불이라도 났다 하면 소방차 뒤꽁무니를 쫓아야 한다.

수습기자 교육은 철저하게 도제(徒弟)식으로 이뤄진다. 일명 '일진'이라고 불리는 선배에게 1~2시간 단위로 취재 보고를 한다. 보통은 "그걸 보고라고 하냐?"며 비참하게 깨지기 일쑤다. 하루는 한 취객이 횟집 수족관에 손을 '풍덩' 집어넣어 생선을 훔쳐 달아나다가 잡혔다는, 다소 황당한 사건 소식을 들었다. 나름 흥미진진한 사건을 물었다고 생각해 들뜬 마음으로 일진 선배에게 전화를 걸었다.

"서울 강동구의 한 횟집에서 생선을 훔쳐 도망가던 40대 남성이 현재 경찰서에서 조사를 받고 있습니다."

"그래. 도미야, 광어야?"

"……."

"취재를 어떻게 한 거야? 장난하냐?"

허를 찔렸다. 예상하지 못한 선배의 역습. 나는 형사 바짓가랑이를 붙잡아 횟집 주소를 겨우 알아냈다. 결국, 도둑맞은 생선은 광어였고, 크기는 80㎝ 안팎이었으며, 심지어 그 광어가 국내산이 아닌 중국산이었다는 아무도 궁금해하지 않을 내용을 취재했다. 태어나서 처음으로 광어를 손에 움켜쥐어 봤다. 팔딱팔딱 잘도 뛰었다. 온종일 광어 비린내가 몸에서 떠나지 않았다.

연말 백화점 취재를 마친 그날도 어김없이 일진 선배에게 전화를 걸어 수첩에 빼곡히 적은 내용을 보고했다. 일진 선배는 가타부타 설명도 없이 따뜻한 목소리로 "오후 5시까지 회사로 복귀하라"는 말만 남긴 채 전화를 끊었다. 뭔가 수상했다.

수습기자 시절 지겹게 듣는 말이 있다. 시간 준수. 신문기자에게 기사 마감 시간은 생명과 같다. 마감이 늦으면 편집과 조판, 인쇄까지 모든 과정이 지체된다. 제시간에 신문이 배달돼야 함은 물론이요, 1분 1초가 제작비용과 직결되는 탓에 마감 시간 준수는 신문사 십계명의 알파이자 오메가다. 시간의 중요성은 비단 기사 마감에만 적용되는 사안이 아니다. 사건·사고가 터졌을 때 경쟁사 기자보다 현장에 먼저 도착해야 단독과 속보 경쟁에서 살아남을 수 있다. 중요한 인사와의 인터뷰 시간에 늦는 순간 신뢰는 깨진다.

당시 일진 선배의 좌우명 또한 "시간의 무게를 느껴라"였다. 그의 "오후 5시까지 회사로 복귀하라"는 지시는 그날 무슨 일이 있어도 지켜야 하는 미션이 됐다. 오후 4시, 택시를 잡았다. 성북구 백화점에서 서대문 회사까지 보통은 차로 3~40분 걸리는 거리였지만, 연말의 서울은 한 시간 안에 회사에 도착해야 하는 수습기자에겐 참으로 가혹했다. 택시는 좀처럼 앞으로 나아가지 못했다.

"늦을 것 같습니다."

"늦어? 지금 늦는다고 그랬나?"

4호선 길음역에서 성신여대입구역으로 넘어가는 고가도로 위에서 나는 결단해야 했다. 내리자. 말 그대로 고가도로 위였다. 인도는커녕 갓길조차 없는 고가도로. 기사님에게 자초지종을 설명할 겨를도 없이 현금을 건네고 문을 박차고 나왔다. 그리고 달렸다. 매서운 바람이 부는 추운 겨울, 주차장이 돼 버린 고가도로 위를 달리는 모습을 언제 상상이나 했겠는가. 정녕 꿈꾸던 기자가 이런 것이었던가. 내가 이렇게 잘 달리는 사람이었나.

지하철을 타기 위해 성신여대입구역까지 고가도로 위를 달려야만 했던 그 10분. 풍파 없이 살아온 내 인생의 첫 시련이자 드디어 거친 세상에 던져졌구나, 자각하는 순간이었다. 한편으론 말할 수 없는 희열을 느꼈다. 모두가 한강을 끼고 달릴 때 나는 고가도로 위를 달리고 있구나. 술에 취해 광어를 품에 안고 밤거리를 내달렸던 그 사나이의 기분이 바로 이랬겠구나!

달리다 보면 특종이 잡힌다

사회부 수습 생활을 마치고 처음으로 정식 배치받은 부서는 정치부였다. 박근혜 전 대통령 집권 시절이던 2015년 4월이었다. 나는 당시 야당이던 새정치민주연합을 담당하게 됐다. 언론사에선 보통 이를 '출입처'라고 부른다. 새정치민주연합은 내 첫 출입처가 된 셈이다.

이듬해 20대 국회의원 총선거를 몇 달 앞둔 국회는 말 그대로 폭풍전야였다. 새정치민주연합은, 훗날 대통령이 된 문재인 대표 체제에서 심한 내홍을 겪고 있었다. 안철수 의원 등 반문(반문재인) 세력의 탈당이 이어졌고, 이대로는 제대로 총선을 치를 수 없다는 여론이 터져 나왔다. 문 대표는 2016년 1월 '상대편' 박근혜 정부 탄생의 일등공신이었던 김종인 박사를 비상대책위원장으로 영입하고, 자신은 2선으로 물러나는 초강수를 뒀다. 김 위원장은 '여의도 차르'라는 별명답게 당내 유력 인사들을 공천에서 배제하는 등 강력한 쇄신책으로 당을 장악했다.

안정감을 찾아가던 새정치민주연합은 그해 3월 다시 한 번

위기를 맞는다. 김 위원장이 당선이 확실한 비례대표 2번 자리에 자신의 이름을 올린 이른바 '셀프공천' 파문이 일었다. 김 위원장의 행보를 마뜩잖게 생각한 세력을 중심으로 김 위원장 퇴진 운동이 펼쳐졌고, 이에 김 위원장이 모든 당무를 거부하며 서울 종로구 구기동 자택에 칩거하는 사태가 벌어졌다.

정치부 막내 기자였던 나는 그날부터 국회가 아닌 김 위원장 집 앞으로 출근했다. 김 위원장의 한마디 한마디에 이목이 쏠리던 시기였다. 내게 주어진 임무는 온종일 김 위원장 집 앞에서 그를 기다리는 일이었다. 아직 꽃샘추위가 가시지 않은 이른 봄날, 차가운 손을 후후 불어 가며 그가 집 밖으로 나오길 하염없이 기다렸다. "비대위원장을 그만둘 생각인가?" "언제까지 당무를 거부할 건가?" "비례대표 2번은 포기할 수 있는가?" 등 수많은 질문을 되뇌고 또 되뇌었다.

밤낮으로 기다린 지 며칠째. 3월 21일 이른 아침, 드디어 그가 모습을 드러냈다. 진을 치고 있던 기자들이 일제히 김 위원장에게 달려들었다. 촬영 카메라까지 뒤엉켜 현장은 순식간에 아수라장이 됐다.

"국회로 가는 건가요?"

"내 복장 보면 몰라요?"

"비례대표 논란에 대해선 어떤 입장이신가요?"

"그 사람들한테 가서 물어요. 난 더는 정치, 정당에 관해선 이야기 안 할 거니까 나한테 묻지 말아요."

차에 올라탄 김 위원장은 어디로 간다는 말없이 그대로 사라졌다. 그는 과연 어디로 갔을까. 김 위원장이 어디로 갔는지 먼저 알아내는 자가 이 게임의 승자였다. 각자 등을 돌리고 어디론가 전화를 걸기 시작했고, 하나둘씩 자리를 떴다. 나도 판단을 해야 했다. '침착하자. 나라면 어디로 갈까? 분명 넥타이를 매지 않았다. 노타이 차림으로 국회에 가진 않을 거야.'

곧바로 택시를 타고 종로구에 있는 그의 개인 사무실로 향했다. 부디 내 판단이 맞기를 간절히 바라며. 택시에서 내린 나는 전속력으로 건물 안으로 뛰어 들어갔다. 고층에 멈춰 있는 엘리베이터를 기다릴 여유가 없었다. 계단을 두 칸 세 칸 성큼성큼 뛰어올랐다. 차오르는 거친 숨을 몰아쉬고 사무실 문을 두드렸다. "문 좀 열어 주세요."

잠시 후 비서로 보이는 한 사람이 문을 열어 줬다. "들어오세요." 안에는 김 위원장과 이미 도착한 기자 2명이 앉아 있었다. 김 위원장은 "뭘 그렇게 뛰어왔느냐"며 비서에게 물을 한 잔 내오게 했다. 그리고 비서에게 이렇게 말했다. "기자들 더는 들어오지 못하게 하세요. 여기까지만 합시다."

그렇게 30분간의 인터뷰가 시작됐다. 김 위원장은 "사람을 갖다가 인격적으로, 그따위로 대접하는 정당에서 일할 생각은 추호도 없다"는 등의 작심 발언을 쏟아 냈다. 나는 실시간으로 김 위원장의 발언 하나하나를 회사에 보고했고, 1면 톱기사를 장식했다. 인터뷰를 마치고 사무실을 나서니 미처 안에 들어오지 못한 기자들이 줄을 서 있었다. 이후로 김 위원장은 사무실 안에 그 누구도 들이지 않았다.

국회 기자실로 복귀하자 모든 선배가 박수를 쳐 줬다. "오늘 신문은 네가 다 만들었다." 수습 생활을 끝내고 배치받은 첫 부서에서의 첫 칭찬이었다.

결국, 달리기가 만들어 낸 특종이었다. 사무실로 가기로 결심한 뒤 택시를 잡기 위해 힘껏 내달린 순간, 엘리베이터가 아닌 계단으로 뛰어 올라가기로 선택한 그 찰나의 순간이 빚어낸 결과였다. 그렇지 않았더라면 사무실에 들어가지 못한 '줄을 선 기자'가 됐을 거다. 8년 차 기자가 된 지금, 후배들에게 농담 삼아 이야기한다.

"달리다 보면 특종이 잡힌다."

"이 길은 내 길이 아닌가벼"

아버지는 첫 직장 '미원'에서 사회인 야구 선수로 활동했다. 어린 시절 나는 주말마다 아버지의 경기를 보러 갔다. 나는 언제나 관중석이 아닌 선수들이 머무는 더그아웃에서 경기를 보는 특권을 누렸다. 그런데 이상하게도 아버지는 매 경기 내 옆에 앉아 동료들을 응원하기만 했다. 공수를 교대할 때면 생수병 뚜껑을 따다가 숨을 헐떡이는 선수들에게 나눠 주기 바빴다. "아빠는 언제 나가?"라고 물으면 아버지는 언제나 "원래 진짜 잘하는 사람은 마지막 순간에 출전하는 거란다"라고 대답하곤 했다.

이제 와 돌이켜 보면 아버지는 승패가 모두 결정된 경기 마지막쯤 출전하는 '대주자' 전문요원이었다. 아버지가 타석에서 배트를 휘두르는 모습을 본 기억이 별로 없다. 하지만 주력 하나는 끝내줬다. 키 176㎝에 체중은 60㎏ 남짓 되는 호리호리한 몸매의 소유자였던 아버지는 짧은 안타에 1루에서 홈까지 내달려 득점을 해내고 마는 미원의 '바람돌이'였다. 득점에 성공한 뒤 더그아웃에 들어올 때면 나를 향해 양손으로 브이(V)를 그리며 활짝 웃었다.

대주자 아버지와의 추억 때문이었는지 몰라도 나는 스포츠를 좋아했다. 중고교 시절 어렴풋이 '체육부 기자가 되면 좋겠다'는 생각을 했지만, 결국 그와는 전혀 상관없는 경영학과에 입학했다.

경영학과 수업은 따분하기 그지없었다. 일명 '쌀집 계산기'를 옆에 놓고 회계의 원리를 따지고 있자니 '이게 뭐하는 짓인가?' 싶었다. 회계사가 되겠다는 친구의 '타닥타닥' 계산기 두드리는 소리가 얼마나 듣기 싫었는지 모른다. 공부는 뒷전이고 집에서 TV만 봤다.

하루는 여느 때처럼 소파에 누워 TV를 보는데, 소설가 김영하가 자신이 어떻게 소설가가 됐는지, 어쩌다가 글을 쓰는 사람이 됐는지를 설명하는 장면이 나왔다.

"대학교 2학년 1학기 회계원리 수업을 듣는데 '이 길은 내 길이 아닌가벼'라는 확신이 들었다."

'이 길은 내 길이 아닌가벼, 이 길은 내 길이 아닌가벼, 이 길은 내 길이 아닌가벼…' 그 말이 얼마나 위로가 됐는지. 경영학과를 졸업해도 글 쓰는 사람이 될 수 있구나!

군 복무를 마치고 복학을 했을 땐 이미 쌀집 계산기는 어디로 갔는지 찾을 수가 없었다. 사회학과 복수전공을 신청하고 소위 '언론고시'라고 부르는 신문사 입사 시험 준비에 매진했다. 4학년 졸업반이 되고 신문사마다 이력서를 넣었다. 나름 체육부 기자가 되겠다고 마음먹었으니, 전략적으로 자기소개서 취미란엔 언제나 '달리기'라고 적었다. 고백하자면 나는 달리기를 그리 좋아하지 않았다. 취미로 달리기를 적은 이유는 단순했다. 달리기야말로 모든 스포츠의 기본 아니겠는가. '지원서 기재사항이 사실과 다를 경우 합격이 취소될 수 있음을 알려 드립니다'라는 채용공고 문구가 살짝 마음에 걸리긴 했지만, 면접 중에 "자, 그럼 이제 뛰어 보세요" 할 리는 없지 않은가.

언론사의 벽은 높았다. 본격적으로 이력서를 집어 넣기 시작한 지 1년 반 동안 서류 탈락은 기본이요, 어쩌다가 2차 필기시험에 올라가도 떨어지기 일쑤였다. 그러던 어느 날 A 경제신문사로부터 최종면접을 보러 오라는 연락을 받았다. 첫 최종면접이었던 데다가 경제 분야엔 자신이 없었던 터라 무척 긴장됐다.

5명의 면접관 앞에 나를 포함한 5명의 수험생이 앉았다. 면접관들은 "집값 상승을 잡기 위해선 정부가 어떤 노력을 기울여야 하는가?" 등 몇 개의 공통 질문을 던졌다. 슬슬 면접이 정리되는 분위기에 가장 지위가 높아 보이는 면접관이 나를 콕 집어 질문 하나를 더 하겠다고 나섰다.

"내가 수십 년간 면접을 봤지만, 경제신문사에 체육부 기자가 되고 싶다고 지원한 사람은 당신이 처음이오."

"아 네, 그렇습니까."

이건 청신호다.

"가장 좋아하는 스포츠가 뭐요?"

고민 끝에 나는 "취미는 달리기, 특기는 탁구입니다"라는 대답을 내놨다.

일주일 뒤 나는 "아쉽지만, 다음에 뵙겠다"는 간단명료한 문자를 받았다. 경제신문 독자층을 고려했을 때 '골프'라고 대답했다면 합격했을 수 있었다는 조언을 학교 선배로부터 들었다.

"아, 취미는 골프고 특기도 골프입니다." 그 말을 해야 했다. 하지만 나는 골프의 골자도 모르는 사람 아닌가. 무난하게 야구나 축구라고 대답했어야 했나. '취미는 달리기' 전술은 보기 좋게 실패했다.

초짜 체육부 기자의 무수면(無睡眠) 달리기

내가 몸담은 신문사는 매년 4월 정기인사를 진행한다. 인사 시
즌이 되면 기자들은 '희망 부서'를 적어 낸다. 사회부 수습 생
활을 마치고 뜻하지 않게 가게 된 정치부에서의 1년은 그럭저
럭 괜찮은 시간이었지만, 마음은 항상 저 멀리 체육부에 가 있
었다. 그리고 마침내 2016년 4월, 정치부를 떠나 체육부로 자
리를 옮겼다.

새로운 환경에 한참 적응하고 있던 무렵 체육부장이 나를
불렀다.

"러시아에 좀 가야겠다."

"러시아요?"

부장이 툭 던진 문서엔 '2016 러시아 세계 여자 주니어 핸드
볼 선수권대회 취재 요강'이라고 적혀 있었다. 대한핸드볼협회
에서 세계선수권을 동행 취재할 대표 기자 1명을 뽑았는데, 내
가 속한 신문사가 당첨됐다는 소식이었다. 일명 '풀(POOL) 기
자'라고 부르는 대표 기자는 매 경기 결과를 기사로 작성해 모

든 언론사에 공유하는 역할을 한다. 올림픽·월드컵 같은 큰 대회는 각 언론사에서 자체적으로 인력을 파견하지만, 주니어선수권대회 같은 규모가 작은 대회엔 '대한체육기자협회'에 소속된 기자 1명을 뽑아 대표로 파견하는 관례가 있다.

체육부 경력 2개월의 초짜 기자가 한국 언론사를 대표하는 풀 기자가 됐다는 사실도 부담스러웠지만, 더 큰 문제는 따로 있었다. 바로 시차였다. 러시아 모스크바와 한국은 6시간의 시차가 있다. 당시 메모장에 적었던 일기다.

'러시아 모스크바는 지금 오전 2시 30분입니다. 저는 아직 깨어 있습니다. 한국은 오전 8시 30분입니다. 한참 기사를 찍어 내고 있을 시간입니다. 기사를 방금 넘겼지만, 마감될 때까지 기다려야 합니다. 최종 마감 시간이 얼추 오전 11시 30분 정도 되는데, 그때 러시아는 오전 5시 30분입니다. 이곳 시간으로 오전 6시부터 대표팀 일정이 시작됩니다. 저는 어떻게 해야 하나요? 이곳에 있는 동안 잠은 반납해야 할 것 같습니다. 러시아 출장의 백미는 붉은광장 견학이 아닌 무수면(無睡眠)이었군요!'

한국 시각에 맞춰 마감하고, 러시아에선 대표팀 일정을 따라다녀야 하니 도저히 잠을 잘 시간이 없었다.

대표팀은 보통 오전 6시 CSKA 모스크바 실내 경기장에 모여 간단한 몸 풀기로 하루를 시작했다. 선수들한텐 간단한 몸 풀기였지만, 나 같은 일반인에겐 보기만 해도 숨 차는 훈련이었다. 몸 풀기의 시작은 언제나 달리기다. 일단 실내 경기장 10바퀴를 가볍게 돈다. 이어 경기장 좌우에 빨간색 고깔을 세워놓은 뒤 호루라기 구령에 맞춰 50회 왕복 달리기를 한다. 마지막으로 '10m 전력달리기'를 통해 호흡을 끌어올린다. 대략 한시간 정도 달린 뒤에야 슈팅 연습을 진행한다.

러시아에 도착하고 며칠째 잠을 제대로 자지 못한 내게 감독님이 다가왔다.

"손 기자. 선수들하고 가볍게 달려 볼래요? 오히려 피곤이 가실 겁니다."

마침 나는 선수들과 같은 유니폼을 입고 있었다. 대한핸드볼협회에서 선수들과의 일체감을 위해 내게도 유니폼을 줬던 터였다. 사실 만 18세 미만 주니어 여자 선수들과 가까워지기는 쉽지 않았다. 모스크바로 오는 비행기 안에서 이런저런 대화를 시도했지만, 10살 이상 벌어진 나이 차이를 좁히기 어려웠다. 더군다나 핸드볼 지식도 미천하니 어린 선수들은 '이 사람 뭐야?'라는 눈빛으로 나를 쳐다봤다(고 나는 느꼈다).

'달리다 보면 친해질 수 있을 거야.'

경기장엔 선수들의 흥을 돋우기 위해 당시 가장 유행했던 비와이(BewhY)의 'Day Day'가 흘러나오고 있었다. 선수들에게 방해가 되지 않게끔 가장 후미에 서서 경기장을 뛰었다. 한 바퀴를 채 돌기 전에 느낌이 왔다. 괜히 뛴다고 했다. '하늘이 노래진다'라는 표현을 읽을 때마다 상투적이라고 투덜대던 난데, 말 그대로 하늘이 노랗게 보였다. 세 바퀴째에 결국 나자빠졌다. 경기장 한편에 대자로 뻗어 누웠다. 유니폼 등에 박힌 'KOREA'라는 문구가 무색해졌다. 코치진과 선수들의 웃음소리가 들려왔다. 다리가 오징어처럼 흐물흐물 무너지는 모습이 그 옛날 슬랩스틱 코미디를 보는 것만 같았을까.

"손 기자. 선수들이 좋아하네요!"

그날 펼쳐진 16강전에서 한국은 앙골라를 29-27로 꺾고 8강에 진출했다. 감독님과 선수들은 얼싸안고 기뻐했지만, 나는 부리나케 마감하고 숙소로 도망가듯 빠져나갔다. 어떻게 마감을 했는지 모를 정도로 피곤했다. 욕조에 따뜻한 물을 받아 몸을 뉘었다. 무아지경의 20분. 러시아에 도착한 이후 가장 깊게 잠이 들었다. 거짓말처럼 몸이 솟아올랐다.

저녁 식사는 호텔에 마련된 식당에서 했다. 메뉴는 호텔에서 제공하는 빵과 우유, 소시지, 베이컨 등으로 모두 서양인에게 맞춰진 식단이었다. 모든 출전국이 같은 호텔을 숙소로 사용했는데, 주최 측은 식사 시간도 철저하게 나눠 선수들이 부딪히는 경우를 막았다. 그만큼 기 싸움이 대단했다.

'KOREA 19:30~20:00 / Germany 20:05~20:35'

욕조에서의 짧고 깊은 잠을 잔 뒤 식당으로 내려갔다. 그런데 익숙한 고향의 냄새가 났다. 선수들은 김치찌개에 쌀밥을 야무지게 비벼 먹고 있었다.

"이게 어떻게 된 일입니까?" 코치에게 물었다.

"국제대회에선 특히 먹는 게 중요합니다. 빵과 우유만 먹을 순 없잖아요."

"어디에서 만드셨어요?"

"제 방에서 만들었죠."

"뭐라고 안 합니까?"

"일단 빨리 드시죠. 누가 나타나기 전에 다 먹어야 합니다!"

나중에 알고 보니 김치찌개도 신경전의 일종이었다. 선수들의 체력 보강을 위해서지만, 서양 선수들이 김치찌개 냄새를 맡으면 컨디션 조절에 어려움을 겪는다는 그럴싸한 전술이었다. 그날 나는 밥을 두 공기나 먹었다. 대회가 마무리될 때까지 나는 선수들과 함께 매일 뛰었다. 따뜻한 욕조에서 잠을 자고, 김치찌개에 밥을 말아 먹었다. 지금도 입맛이 없거나 잠자리가 뒤숭숭할 때면 비와이의 노래를 들으며 달리기를 한다. 물론 운동장 세 바퀴까지만!

리우데자네이루와 함께 달린 3주일

러시아에서 한국으로 돌아온 지 두 달 만에 나는 브라질 리우데자네이루행 비행기에 다시 몸을 실었다. 20박 21일 2016 리우데자네이루올림픽 현장 취재를 위해서였다. 우선 지구 반대편 리우데자네이루까지 가는 일 자체가 고됐다. 인천공항을 출발해 미국 로스앤젤레스를 거쳐 브라질 상파울루까지 대기 시간 포함 30시간 정도의 비행을 하고, 상파울루에선 다시 브라질 국내선으로 갈아타 리우데자네이루까지 1~2시간을 더 가야 했다. 인천을 떠난 지 꼬박 36시간 만에 리우데자네이루 땅을 밟았다. 지금도 비행기 좀 타 봤다고 거들먹거리는 친구들에게 말한다. "기내식 다섯 끼 먹어 봤어?"

리우데자네이루 갈레앙 국제공항에서 30kg이 넘는 '이민 가방'을 들고 취재진 숙소까지 이동하는 일 또한 만만치 않았다. 그런데 겨우 도착한 숙소의 상황은 가관이었다. 배정된 방에 가 보니 이란인 기자가 속옷 차림으로 침대에 누워 있었다. 끓어오르는 분노를 꾹꾹 눌러 담으며 짧은 영어로 대화를 시도

했다.

"여긴 내 방이야!"

"오 내 친구. 네가 오기 전에 이미 방을 바꿨는데 몰랐어?"

"방 바꿨다는 이야기를 못 들었는데."

"접수처에 가서 다시 물어봐."

하지만 접수처 직원은 "그게 네 방 맞아"라며 바로 쏘아붙였다. "아니 웬 이상한 놈이 내 방에 속옷 차림으로 누워 있더라니까!"라는 외침엔 '설마?'라는 표정을 지으며 두 어깨를 으쓱거렸다.

'그 이란인은 어떻게 방문을 열었을까? 그럼 내가 가진 이 열쇠는 도대체 뭐지?' 오만가지 생각이 다 들었다. 나중에 알고 보니 그 이란인 기자는 자국 동료와 옆방을 쓰고 싶다는 이유로 내 방을 무단 침입했고, 어찌 된 일인지 키를 넣어 봤더니 방문이 열렸다(?)는, 지금 생각해도 도저히 이해가 안 되는 해명을 내놨다. 실제 주인이 나타나면 자신의 화려한 입담으로 방을 바꿀 수 있다고 자신한 모양이었다. 36시간 동안 눕지 못한 나는 그에게서 키를 받아다가 원래 이란인 기자 방이었던 곳에 짐을 풀었다.

샤워도 내 마음처럼 할 수 없었다. 뜨거운 물은 나오지 않고, 수건걸이는 벽에서 툭툭 떨어져 사용할 수가 없었다. 잠자리도 불편했다. 당시 브라질 등 남미를 휩쓴 '지카(Zica) 바이러스' 탓에 모기가 웽 하고 우는 순간 그 녀석을 잡아야만 눈을 붙일 수 있었다. 지구 반대편 브라질에 나 혼자였다. 엄마가 보고 싶었다.

환경은 열악했지만, '수영황제' 마이클 펠프스(미국) 같은 세계적인 선수들의 경기를 두 눈으로 직접 볼 수 있다는 점은 올림픽 현장 취재 기자가 누릴 수 있는 특권이다. 그중에서도 우사인 볼트(자메이카)의 육상 남자 100m 경기는 자세한 설명이 필요 없겠다. 볼트는 2008 베이징, 2012 런던에 이어 2016 리우데자네이루올림픽에 걸쳐 100m와 200m, 400m 계주까지 3개 대회 연속 3관왕이라는 대업을 이뤘다. [참고로 2017년 국제올림픽위원회(IOC)는 2008 베이징올림픽 남자 육상 400m 계주에 출전했던 자메이카 대표 네스타 카터가 금지약물 양성 반응이 나타나 메달이 취소됐다고 밝혔다. 이로써 볼트의 금메달도 함께 박탈됐고, 올림픽 3회 연속 3관왕이라는 대기록도 깨지고 말았다.]

모든 언론사에서 볼트의 올림픽 3회 연속 3관왕 대기록을 대서특필했다. 나는 볼트와 관련된 옛 기사들을 하나씩 찾아봤다. 그의 어린 시절은 어땠는지, 어떤 훈련을 소화했는지, 본인이 생각하는 달리기의 매력은 무엇인지 등 각종 외신을 뒤져가며 볼트 특집 기사를 준비했다. 그러다가 눈에 띄는 기사 하나를 발견했다. 2009년 볼트는 미국 시사잡지 〈Newsweek〉

와의 인터뷰에서 "자메이카 선수 대부분은 과거 아프리카 출신 노예가 주로 살던 콕핏컨트리(Cockpit Country) 지역 출신"이라며 "달리기가 빠른 사람들 대부분 그 지역 일대에서 태어난 다"고 말했다. 콕핏컨트리는 자메이카에서도 척박하기로 유명한 고원 지역으로 사람이 거의 살지 않는다고 한다.

볼트를 비롯해 육상 단거리 종목에서 한 획을 그었던 선수들은 대체로 흑인이다. 과학계에선 인종과 신체 능력 사이의 상관관계를 입증하려는 시도가 계속됐지만, 과거 미국 한 방송사의 앵커가 "육상에서 우수한 흑인 선수가 많은 건 노예 제도 때문"이라고 발언해 퇴출당했을 만큼 이는 예민한 부분이기도 하다. 이에 영국 BBC는 전문가와 함께 수년의 연구와 고증을 거쳐 "신대륙에 끌려온 흑인들은 살아남은 시점에서 이미 신체적으로 뛰어난 사람들이었다"며 "자메이카는 이런 흑인들이 마지막에 도달하는 일종의 집합지 같은 곳이었다"고 설명했다.

기사를 읽고 나니 볼트의 상징인 '번개 세리머니'가 다르게 보였다. 볼트의 달리기는 모질고 참담했던 역사를 이겨 낸 이들이 흘린 눈물의 결실이었다. 볼트의 이 대단한 업적이 더욱 가치 있게 다뤄져야 한다는 생각으로 기사를 썼다.

2016 리우데자네이루올림픽은 제1회 1896 아테네올림픽 이후 120년 만에 남미에서 열린 최초의 올림픽이었다. 남미가 어떤 곳인가. 그 오랜 기간 식민의 아픔을 겪은 곳이지 않나. 지

금도 극심한 좌우대립으로 정치적 혼란이 이어지고 있고, 빈곤에 허덕이는 사람들이 많다. 실제로 리우데자네이루올림픽 양궁 경기가 펼쳐졌던 '삼바드롬경기장' 주변에선 종종 총성이 들려왔다. 대한민국 양궁 선수단은 특수 제작된 방탄차를 타야만 했고, 취재진도 "양궁 경기장 주변에선 반지 등 귀중품은 하지 말라"는 무서운 경고를 수차례 들어야 했다.

그런 리우데자네이루에 머무는 동안 시간이 날 때마다 이파네마(Ipanema) 해변을 달렸다. 브라질이 사랑하는 안토니우 카를로스 조빔(Antonio Carlos Jobim)의 'The Girl From Ipanema'를 들으며. 이파네마 해변을 거니는 브라질 사람들 얼굴엔 그늘이 없었다. 그들은 마주 달리는 내게 연신 '올라'(Ola)라고 인사를 건넸다. 숙소에서 친해진 브라질 자원봉사자가 내게 가장 많이 하는 말이 있었다. "즐기자!"

리우데자네이루 사람들과 함께 달린 3주일. 작은 일에 분노했던 내게 변화가 찾아왔다. 내 방을 빼앗아 간 이란 기자에게 행운이 깃들길 진심으로 바랐다.

달리기와 그 적들

2017년 8월. 기삿거리를 찾기 위해 평소처럼 외신을 검색하는데 깜짝 놀랄 만한 제목이 눈에 들어왔다. "Usain Bolt downed booze and danced with girls at all-night back garden BBQ just days before Olympic legend's final race."

볼트는 2017 런던세계육상선수권대회를 앞두고 "이 대회가 나의 마지막이 될 것"이라며 은퇴를 선언했다. 하지만 결과는 신통치 않았다. 먼저 펼쳐진 남자 100m에서 3위에 그친 볼트는 400m 계주에선 마지막 주자로 나섰다가 허벅지 통증을 느끼며 레이스를 포기했다. 볼트는 대회 전부터 그해 4월 절친한 동료였던 2008 베이징올림픽 남자 높이뛰기 은메달리스트 저메인 메이슨(영국)이 교통사고로 세상을 떠났다는 사실을 언급하며 "충격이 너무 커서 3주 동안 훈련을 하지 못했다. 예상보다 훈련 진행이 더뎌졌다"고 시쳇말로 밑밥을 깔아 놓은 상태였다. 여기에 국내외 매체에선 당시 30대에 접어든 볼트의 노화를 원인으로 꼽았다.

하지만 400m 계주에서 허벅지를 부여잡고 쓰러진 다음 날, 영국 대중지 〈The Sun〉은 '볼트가 마지막 레이스를 며칠 앞둔 시점에 여성들과 밤새 파티를 벌였다'는 제목의 기사와 함께 이를 뒷받침할 동영상을 게재했다. 동영상 속 볼트는 한 손에 술잔을 든 채 연신 춤을 췄다. 촬영 시점은 100m 결승전 다음 날이었다고 〈The Sun〉은 전했다. 볼트는 훈련 부족을 이유로 꼽았지만, 결국 음주가무에 발목을 잡혀 경력에 가장 큰 오점을 남기고 말았다.

천하의 볼트도 허벅지를 잡고 쓰러지게 하는 '달리기와 그 적들'이 있다. 평생을 달린 볼트도 그럴진대 먹고살기 위해 억지로 달리는 생계형 러너는 오죽할까. 내게도 달리기를 머뭇거리게 하는 적들이 있다.

러닝크루 이야기를 하지 않을 수 없다. 체육부에서의 생활을 마치고 2019년 4월 정치부로 복귀했다. 3년 만에 돌아온 여의도의 풍경은 사뭇 달라져 있었다. 여의도공원과 한강엔 검은 티셔츠와 반바지를 비슷하게 차려입은 사람들이 오와 열을 맞춰 달리고 있었다. 소문으로만 듣던 러닝크루였다. 그런데 그들과 같은 공간을 달리는 일은 여간 고역이 아니다. 나만의 속도에 맞춰 달리고 있다 보면 어느샌가 쫓아온 열댓 명의 사람들이 내게 호통을 치듯 말한다. "잠시만요. 저희 좀 지나갈게요!" 그들이 남기고 간 먼지 구름에 기침이 절로 나온다. 어깨를 툭 치고 지나가지 않음에 감사해야 하나.

이번엔 맞은편에서 오는 러닝크루다. 요란한 음악 소리가 들린다. 팔뚝에 고정한 휴대전화에서 정체를 알 수 없는 비트의 음악이 쩌렁쩌렁 울린다. '아니, 쟤네들은 왜 이어폰을 안 쓰는 거야?' 자세히 보니 이어폰만 안 한 게 아니다. '턱스크' '코스크' 등 다양한 형태의 마스크 사이로 아예 마스크를 하지 않은 러너도 보인다. 이놈들아!

사이클 족(族)도 짚고 넘어가야 한다. 퇴근 후 집 근처 한강대교에서 동작대교까지 약 3.5km 구간을 종종 달린다. 이 코스는 달리기 마니아들에게 풍경이 아름답기로 꽤 알려져 있다. 문제는 사이클 동호인들도 이 같은 사실을 알고 있다는 점. 분명 보행로와 자전거 도로가 구분돼 있건만, 이들은 시도 때도 없이 보행로를 침입해 온다. 달리는 내 앞으로 자전거 두 대가 끼익 하고 끼어든다. "어머, 한강 색깔 좀 봐. 사진 한 장 찍자." '여보세요. 여기 보행로인데. 깜빡이는 켜고 들어오셔야지.'

사이클 동호인들의 표정은 전장의 장수처럼 근엄하다. 바람을 가르는 그 시원함에 취해 있음이 분명하다. 그러다 보니 사람이 나타나면 속도를 줄여야 한다는 기본 상식을 잊은 듯싶다. 한강대교와 동작대교 구간에서 자전거에 부딪혀 나뒹구는 사람들을 심심치 않게 볼 수 있다.

나도 달리는 내 모습에 취할 때가 있다. 하지만 이내 산통을 깨는 카카오톡 알림 소리가 들린다. 오후 9시 기사 링크와 함께 "SBS 뉴스 봤냐? 맞는지 확인해 봐라"는 부장의 카톡. 달리기를 멈추고 전화를 건다. "아이고 김 의원님, 늦은 시간 죄송합니다. SBS 뉴스 보고 전화 드렸어요!" 달아오르던 두 다리가 차갑게 식는다.

하지만 뭐니 뭐니 해도 한강 달리기의 가장 큰 적은 치킨 냄새다. 마포대교에서 한강대교까지의 5km 남짓 되는 코스는 그야말로 지뢰밭이다. 걷고 뛰기를 반복하다 보면 어느새 치킨 내음이 콧속을 자극한다. "그만 뛰고 잠깐 쉬었다 갈까?" 아내에게 묻는다. 살기 위해 달리는 아내도 옳다구나 거든다. 모든 치킨은 옳다!

다시 현장으로 달려갈 때

'달리기' 하면 생각나는 드라마의 장면이 있다. 2018년 방영된
〈나의 아저씨〉의 한 장면. 구조기술사인 주인공 동훈(이선균)
은, 고졸에 스펙 하나 없는 파견직 지안(이지은)이 "왜 나를 뽑
았느냐"고 묻는 말에 이렇게 답한다.

"모든 건물은 외력과 내력의 싸움이야. 바람, 하중, 진동. 있
을 수 있는 모든 외력을 계산하고 따져서 그것보다 세게 내력
을 설계하는 거야. 아파트는 평당 300kg 하중을 견디게 설계
하고, 사람들이 많이 모이는 학교나 강당은 하중을 훨씬 높게
설계하고. (중략) 항상 외력보다 내력이 세게. 인생도 어떻게
보면 외력과 내력의 싸움이고. 무슨 일이 있어도 내력이 있으
면 버티는 거야."

지안이 다시 묻는다. "인생의 내력이 뭔데요?"

동훈의 대답은 이렇다.

"다들 평생 뭘 가져 보겠다고 고생고생하면서 나는 어떤 인
간이라는 걸 보여 주기 위해서 아등바등 사는데 뭘 갖는 건지

도 모르겠고, 어떻게 원하는 걸 갖는다고 해도 나를 안전하게 만들어 준다고 생각했던 것들에, 나라고 생각했던 것들에 금이 가면 못 견디고, 무너지고, 나라고 생각했던 것들, 나를 지탱하는 기둥인 줄 알았던 것이 사실은 진정한 내력이 아닌 것 같고. (중략) 그래서 이런저런 스펙 줄줄이 나열된 이력서보다 달리기 하나 쓰여 있는 이력서가 훨씬 세 보였나 보지."

기자가 조롱받는 시절이다. 분명 기자는 어둡고 불의한 곳에서 고통받는 평범한 이웃을 위해 함께 싸우는 직업이라고 배웠다. 반대로 부패한 권력은 감시하고 모질게 지적하는 직업이라고 배웠다. 하지만 막상 언론사에서 맞닥뜨려야 했던 현실은 타협과 타협의 연속이었다. 나 자신이 부끄러워질 때 신발 끈을 고쳐 맨다. 그리고 힘차게 달린다. 외력에 흔들리지 않는 내력을 세우기 위해.

자, 이제 다시 현장으로 달려갈 때다!

경쟁사 기자보다 현장에 먼저 도착해야
단독과 속보 경쟁에서 살아남을 수 있다.

조덕연

**스페인/중남미 지역 전문가,
스포츠 마케터, 유튜버**

중학교 시절 교내 마라톤 대회 우승 후 20년
간 마라톤 30여 회, 100km 이상 울트라마
라톤 10여 회를 완주하고도 살아남아 여전히
달리고 있다. 매년 휴가 계획은 해외마라톤 참
가에 '올인' 하는데, 이 때문에 결혼식 날짜도
앞당겼던 것은 집안 어른들께 아직 비밀이다.
달리기 속도보다 빠르게 최신 트렌드를 좇는
얼리어답터로 200 켤레가 넘는 러닝화를 쌓
다 못해 식탁 위까지 침범했다(아내에게 등짝
스매싱 맞기 1초 전). 넘치는 러닝화를 사수하
기 위해 최근 러닝화 리뷰 유튜브를 시작했다.

3

더 빨리, 더 멀리, 더 많이

러너의 시계는 ○○○ ○○에 맞춰 돌아간다

트로피가 좋아서

\

내가 다닌 중학교는 체육에 진심인 학교였다. 교내 육상대회, 줄넘기 대회, 구기 대회, 단축 마라톤 대회, 수영 대회 등 매달 전교생 단위의 행사가 있었고, 체육 시간에는 테니스, 핸드볼, 창던지기, 게이트볼 등 교과서에 나오는 거의 대부분의 운동을 실습했다. 특히 교내 단축 마라톤 대회가 다가오면, 전교생은 대회 모드로 들어갔다. 대회 한 달 전부터 체육 시간 50분 내내 달렸다. 체육 선생님은 운동장 모서리에 의자를 두고 앉아 있다가 학생들이 운동장을 크게 한 바퀴 돌 때마다 팔뚝에 도장을 찍어 주었다. 도장이 10개 찍히면 교실에 들어가는 식인데, 크게 돌면 500m 정도 되니까 대략 5km를 달려야 교실에 들어갈 수 있는 것이다.

어린 나이에 3등까지 주는 유리 트로피가 그렇게도 멋져 보였다. 1학년 때는 아무리 뛰어도 덩치 큰 형들한테 상대가 되지 않았지만, 3학년이 되자 해볼 만하다는 생각이 들었다. 트로피를 꼭 갖고 싶었다. 체육 시간에 달리는 것으론 부족하다고 생각한 나는, 해 질 녘 집 앞 보라매공원에 나가 달리기를 시작했다. 일주일에 3번, 공원 5바퀴. 손목의 초시계로 매번 기록이 나아지는지를 확인했다.

나는 그 계절을 내내 달렸고, 한 달 뒤 7km 대회에서 첫 번째로 골인지를 통과했다. '역대 최고 기록'이라며 담임 선생님이 미소로 맞아 준 그날 오후, 교장 선생님으로부터 그토록 갖고 싶었던 트로피를 받았다. 빛나는 트로피를 들고 집으로 향하며 문득 이런 생각이 들었다.

'트로피도 좋은데, 나는 그냥 달리기가 좋아.'

그게 나의 달리기의 시작이다.

진짜 달리기의 시작

2011년 여름은 내 인생 가장 뜨거운 기억이자 그 이후 내 인생을 송두리째 바꾼 계절이다.

제대 후 스페인어 공부를 시작한 나는 이중전공으로 스페인어를 선택했다. 비교적 늦은(?) 나이에 새로운 언어를 배운다는 건 큰 모험이었으나 즐거운 도전이기도 했다. 지금은 '유럽 여행' 하면 스페인을 쉽게 떠올리지만, 당시는 그렇지 않았다. 스페인을 말할 때 떠올리는 것이 많지 않은 시절이었다. 축구를 좋아하는 젊은 남자들은 '바르셀로나의 메시', '레알 마드리드의 호날두'를 떠올렸고, 어떤 이들은 '투우', '플라멩코'를 떠올리는 정도였다.

그런 이유로 바르셀로나는 어학연수지로 인기가 없었다. 현지 정보가 부족하고, 물가는 비싸며, 무엇보다 스페인어뿐만 아니라 '카탈루냐어'를 공용어로 사용하기 때문에 정통 스페인어를 배우기에 불리했다. 그런데 바로 그 점이 나의 오기를 발동시켰고, 나는 바르셀로나로 교환학생을 떠났다.

바르셀로나는, 비유하자면 한국의 부산과 비슷하다. 북쪽으로 산이 둘러싸고 있고 남쪽으로는 긴 해변을 따라 지중해와 맞닿아 있다. 높은 산이 겨울의 찬 바람을 막아 주어 1년 내내 따뜻한 기후를 유지한다. 환경이 그러하니, 오래전부터 예술과 다양한 스포츠가 발달하였다. 파블로 피카소, 살바도르 달리 등 걸출한 예술가들의 터전이었으며, 스포츠 쪽으로는 사비 에르난데스, 세르히오 부스케츠 등 전 세계가 열광하는 프리메라 리가(Primera Liga, 스페인 프로 축구 리그)의 선수들뿐만 아니라, 파우 가솔(농구), 킬리안 조르넷(트레일 러닝) 등 각 종목 최고의 선수들까지⋯ 문화적으로 화려하게 꽃피우는 도시이다.

게다가 도시 전체가 거대한 공원 같다. 커다란 공원들이 곳곳에 위치해 있고, 걷기 좋은 산책로가 해변부터 산까지 도시를 관통하여 잘 닦여 있다. 거의 모든 도로에서 별도로 관리되고 있는 자전거 도로망은 세계에서 최고로 손꼽힐 정도다. 자연스럽게 조깅을 즐기는 사람들이 많다. 역시 환경이 문화를 만드는 것일까?

그러나 아무리 주변 환경이 아름답다 해도 나는 외국인 유학생. 뜨거운 여름이 지나고 유학 생활이 다소 지루해졌다. 집을 떠나 먼 곳에서 혼자 지내는 경험도 처음이거니와, 우리말로 배워도 어려운 수업들을 외국어로 숨 가쁘게 따라가느라 학업 스트레스가 상당했다. 한국 음식도 슬슬 그리워졌다. 우울증까지는 아니어도 매너리즘에 빠져 외로움을 느끼고 있었다. 그런 날들을 보내던 어느 날, 기숙사에서 5분이면 도달하는 해변을 따라 달려 보았다. 평소에 다니던 길이 아닌 골목길로 들어가 보기도 하고, 가 보지 않은 공원을 통해 달리기도 하니, 도시의 새로운 모습들이 보이기 시작했다. 있는 줄도 몰랐던 샌드위치 가게를 찾았고, 먹음직스러운 과일을 예쁘게 진열한 과일 가게도 발견했다. 무엇보다도 같은 시간대에 같은 코스를 달리는 이들이 있음을 알게 되었다. 학교-기숙사-학교-기숙사의 반복된 동선에서 벗어나니 도시에 대한 호기심이 다시금 샘솟기 시작했다. 달리다 만나는 바르셀로네따(Barceloneta) 해변의 바람은 또 얼마나 시원한지.

문득 어린 시절 매일 5바퀴씩 보라매공원을 달리던 때가 떠올랐다. '참, 나 달리기 좋아했었지.' 그렇게 나는 다시 달리기 시작했다. 아니, 어쩌면 '비로소' 달리기 시작한 건지도 모른다. 트로피 때문이 아니라, 다른 친구들보다 빨리 골인하고 싶어서가 아니라. 나에겐 바르셀로나 도시 전체가 '달리기 놀이터'가 되었고, 그냥 달리는 자체가 즐거워졌다. 아침과 저녁, 그리고 또 주말에 새로운 동네, 낯선 장소를 찾아 달렸고, 그것이 유학 시간을 버티는 힘이 되어 주었다. 마음의 힘뿐만 아니라 체력적인 면에서도 그랬다. 동네 마라톤 클럽에 가입해서 새로운 친구들을 만났고, 10km 대회에도 나갔다. 1994년 바르셀로나 올림픽 마라톤에서 우승한 황영조 선수 동상이 있는 몬주익 언덕을 내달릴 때의 울컥함이란.

1년 후 한국에 돌아온 내가 가장 먼저 한 일은, 달리기 동호회를 찾는 것이었다.

새로운 도전, 뉴욕 마라톤

한국을 떠나 있는 사이, 집 앞에 편도 5km 정도의 산책로가
생겼고, 학교에는 러닝 동아리가 생겼으며, 모 스포츠 브랜드
에서는 대학생을 대상으로 오프라인 러닝 이벤트를 진행하기
도 했다. (어떤 것들은 예전에도 있었는데 내가 몰랐던 것일
수 있다.)

한국에 와서도 달리기를 이어 갈 수 있었던 데는 크게 두 가
지 이유가 있다. 첫 번째로 학업과 직장에서 받은 스트레스를
해소할 수 있다는 것이었고, 두 번째는 달리기를 통해 다양한
사람들을 만나는 즐거움이었다. 하지만 동네에서만 뛰었거나,
홀로 혹은 아는 이들과만 달렸다면 이 정도로 달리기를 사랑하
게 되지는 않았을지 모른다.

나는 러너이자 마라토너이다

달리기와 마라톤이 같은 것이 아닌가 하는 사람들이 있을 수
있다. 이에는 약간의 설명이 필요하다.

SNS에서 해시태그로 마라톤을 검색하면, 짧은 거리의 달리기 대회를 마친 후 "나 마라톤 뛰었어!" 하는 글을 볼 수 있다. 많은 사람들이 '달리기=마라톤'이라고 생각한다. 달리기 대회에는 1mile(약 1.6km)부터 시작하여 5, 10, 21km 등 다양한 거리의 종목이 있는데 그중에서도 42.195km를 달리는 종목만을 공식적으로 "마라톤"(marathon)이라고 한다. 나머지는 "달리기"(running race)라고 칭하는 것이 정석이다[21km 종목은 마라톤의 절반 거리임으로 "하프 마라톤"(half-marathon)이라고도 부른다]. 일반 러닝을 차별하려는 것이 아니라 인간의 한계에 도전하는 42km 남짓의 달리기를 '마라톤'으로 정의한다는 이야기를 하는 것이다. 올림픽 종목 중 그 원형이 가장 오래되었을 뿐만 아니라, 인간의 한계에 도전하는 가장 대표적인 종목이다. 올림픽 모든 경기 중 가장 마지막으로 열리는 마라톤이 '올림픽의 꽃'으로 불리는 이유이다.

계절별로 차이가 있지만, 평균적으로 매주 5~10개의 달리기 대회가 전국 각지에서 열린다. 그중에서도 봄에 열리는 JTBC 서울 마라톤(구 중앙마라톤), 서울마라톤(구 동아마라톤), 그리고 가을에 열리는 춘천마라톤은 국내 러너들이 가장 높은 단계의 도전이자 목표로 삼는 3대 마라톤이다. 많은 러너들이 새해를 시작하며 목표하는 대회 일자에 맞춰 목표 기록을 설정하고 그것에 걸맞은 훈련량과 훈련 일정을 기획한다. 나는 일생

일대의 결혼식도 봄에 열리는 첫 메인 대회와 겹치지 않도록 조정했었다. 러너인 하객들을 배려하는 측면도 있었지만, 무엇보다 매년 열리는 중요한 행사에 나도 빠질 수 없어서였다. 어쨌거나 이 자리를 빌려 나의 아내와 달리기를 하지 않는 장인 장모님께 죄송함과 감사의 마음을 전한다.

러너의 시계는 마라톤 대회에 맞춰 돌아간다. 연말을 마무리하고 새해를 준비하며 제일 먼저 하는 일은 마라톤 대회 일정을 확인하고, 어떤 대회를 참여할지 결정하는 것이다. 그만큼 대회 참가 자체가 러너들에게 살아가는 이유가 되고, 결과에 따라 1년 농사, 즉 그해의 달리기가 좌우된다고 해도 과언이 아니다. 그런데 이렇게 국내 대회에 꾸준히 참여하다 보면, 어느 순간 해외 대회에 눈을 돌리는 시점이 찾아온다. 해외 대회 중에서도 가장 권위 있는 6개를 꼽아 '세계 6대 마라톤 대회'라고 부르는데, 몇몇 대회는 일정한 기록과 자격이 되어야만 참여할 수 있다. 아니, 내 나라 한국에서 열리는 마라톤도 완주하기 벅찬데 자격 요건까지 요구하는 해외까지 가서 달릴 필요가 있느냐고? 내 이야기를 듣고 나면 생각이 달라질 수도 있다.

해외 마라톤 대회는 보통 대회일 기준으로 1년 전에 참가 신청을 받고, 대회 측은 몇 달 뒤 선정된 이들에게 신청 시 등록한 신용카드로 '결제가 완료되었다'는 문자메시지를 보낸다. 뉴욕 마라톤이 첫 해외 대회였던 나는 지인들의 도움으로 신청을 마치고 결과를 기다렸다. 뉴욕마라톤의 경우 추첨을 통해 참가자를 선정하는데, 신청 약 두 달 후 새벽에 문자 알람이 울렸다. 한쪽 눈을 게슴츠레 뜨고 확인한 메시지는 '결제 완료'. 50:1의 경쟁률을 뚫고 생애 첫 해외 마라톤 참가권을 얻었으니 이제 남은 건 열 달간의 훈련뿐이었다. 함께 참여하게 된 지인들과 D-day를 정해 놓고 달리며 설레는 마음으로 대회 날을 기다렸다. 20대 막바지, 첫 해외 마라톤 여정은 이렇게 시작되었다.

뉴욕 도착

해외 대회는 한마디로 축제다. 식당 할인, 마라토너 대중교통 무료 등 각종 이벤트가 열리고 도시 전체가 마라토너를 반기는 분위기다. 마라톤이라는 공통분모가 있기에 처음 보는 현지인들과도 깊은 유대감이 생긴다. 현장 분위기뿐만 아니라 사람들의 환호, 달릴 때의 느낌 자체가 국내 대회와는 다르다. 대회에 참가하는 선수를 응원하기 위해 가족, 친구뿐만 아니라 이 도시 전체가 마음을 모아 응원하는 분위기로 가득하다. 아드레날린이 솟구친다.

대회 전 일주일간은 다양한 행사가 펼쳐진다. 대회의 골인 지점인 센트럴 파크(Central Park)에는 참가국의 국기가 펄럭이고, 임시 건물에서는 유명 선수들의 인터뷰 및 이벤트들이 펼쳐진다. 시차 적응뿐만 아니라 이 분위기를 온전히 느끼고 싶었던 나는 시합 4일 전에 현지에 도착해서 각종 이벤트에 참여했다. 국제적인 마라톤 대회인 만큼 세계 각지에서 온 선수와 가족들을 위해 대회 전날에는 5km의 짧은 패밀리 러닝 레이스도 열리고, 마치 올림픽 개막식처럼 참가 국가의 러너들이 각 나라의 국기를 들고 퍼레이드도 펼친다.

각 나라의 특색을 엿볼 수 있었던 퍼레이드에서 제일 인상적인 국가는 브라질이었는데, 참가자들이 노래와 함께 삼바를 추며 등장한 덕에 그곳에 있는 모든 사람이 흥겨움에 들썩였다. 나도 지인 6명과 함께 태극기를 들고 퍼레이드에 참여했다. 우리나라는 인원도 규모도 작았지만, 전 세계인의 축제에 참여한다는 사실만으로도 즐거웠고, 개인적으론 이렇게 한국인이 적게 참여한 대회에 선발된 것에 자랑스러운 마음도 들었다.

잠시 흥미로운 이야기를 하자면, 마라톤과 영양 섭취는 떼려야 뗄 수 없는 관계로 선수들은 마라톤 대회를 위해 '카보로딩'이라는 영양식단을 진행한다. 짧게는 2시간, 길게는 5시간이 소요되는 레이스에 폭발적인 에너지를 쓰기 위해 대회 약 일주일 전부터 몸에 영양소(주로 탄수화물)를 축적시키는 식단이다. 엘리트 마라토너들은 과학적으로 계획을 세우고 실천하지만, 사실 나 같은 아마추어들에게는 밀가루 음식을 잔뜩 먹을 수 있는 최고의 핑계가 바로 이 카보로딩이다. 여기는 미국, 햄버거와 감자튀김의 나라가 아닌가. 영화에서 심심치 않게 등장하는 장면, 곧 뉴욕 경찰들이 순찰 중에 햄버거를 맛있게 먹던 모습을 떠올리며 인터넷과 SNS를 샅샅이 뒤져 뉴욕에서 가장 맛있다는 햄버거 맛집을 찾아다녔다. 하루 5끼를 햄버거로 채우며. 이것 또한 해외 마라톤의 묘미니까.

대회 당일

11월의 뉴욕은 제법 쌀쌀하다. 이런 계절에 열리는 마라톤에서 가장 중요한 것은 대회 시작 시간까지 얼마나 체온을 잘 유지하는가이다. 국내외 대부분의 마라톤 대회는 짐 보관 서비스를 운영하는데 미국은 그렇지 않은 경우가 많다. 6만 명이 참여하는 뉴욕 마라톤은 더더욱 '알아서 와서 알아서 가라'는 주의라 그런지(이런 것 또한 미국스럽다), 알아서 각자의 체온을 유지하여야 한다. 따라서 대부분의 참가자들은 '버려도 되는 옷'을 입고 나온다. 특히, 뉴욕 마라톤은 맨해튼(Manhattan) 시내에서 차로 30분 거리에 떨어져 있는 스태튼 섬(staten island)이 출발지이기 때문에, 새벽 4~5시쯤부터 숙소를 나와 3시간 정도를 밖에서 대기해야 한다. 워낙 규모가 크고, 많은 참가자가 같은 장소에 안전히 모여야 하기 때문에 새벽부터 부지런히 움직여야 하는 것이다. 동이 트기 전, 새벽어둠 속에서 거적때기 같은 옷을 입고 대회 측에서 준비한 버스를 타러 나오는 참가자들의 행렬을 보면 흡사 재난 영화에 등장하는 피난민 같은 느낌도 받았다. 다만 영화와 다른 점은 사람들의 얼굴에 피곤이 아닌 설렘이 가득하다는 것.

출발선 근처 대기 구역에는 먼저 도착한 러너들이 옹기종기 모여 체온을 유지하기 위해 일회용 이불을 덮은 채 잔디밭 위에 누워 있기도 하고, 스트레칭을 하며 몸을 풀고 있기도 했다. 나는 대회 측에서 준비한 따뜻한 커피와 도넛을 먹으며 레이스 분위기에 조금씩 적응하였다.

시작 시간에 맞춰 미국 국가가 연주되자 주변 러너들이 부스럭부스럭 자리에서 일어나더니 출발 총성과 함께 우르르 각자의 목표 페이스에 맞춰 달리기 시작했다. 동시에 러너들이 입고 있던 겉옷을 벗어 길 바깥쪽으로 던지는 놀라운 광경이 펼쳐졌다. 달리는 러너들의 하늘 위로 수천 벌의 옷들이 허공을 갈랐다. (이 옷들은 대회 측에서 수거하여 노숙자 또는 고아원에 기증한다고 하니 의미도 있다.)

출발선은 스태튼 섬과 브루클린(Brooklyn)을 연결하는 베라자노 내로스교(Verrazano-Narrows Bridge)의 남단에 위치하였는데, 이 다리는 2개의 층으로 구성되어 있어서 상하층 각각의 출발선에서 수만 명의 러너들이 동시에 출발할 수 있었다. 나는 하층에서 출발했는데, 수만 명의 러너들이 지면을 박차며 내는 발걸음 소리가 상층부에 반사되어 웅장하게 울리는 것을 들으며 마치 중세 시대 기사들이 출전할 때의 발소리가 이와 같지 않을까 생각했다.

7km를 지났을까. 서서히 도시와 가까워지면서 아침 일찍부터 응원 나온 시민들의 모습이 눈에 들어왔다. 가족을 응원하는 팻말을 들고 서 있는 사람들은 단지 가족만이 아니라 러너 모두를 응원하고 있었다. 동네 록 밴드와 학교 브라스밴드가 거리 곳곳에서 신나는 비트에 맞춰 연주를 했고, 길가에 빈 공간 없이 꽉 들어찬 응원 인파들의 휘파람 소리, 친구를 부르는 소리 등으로 달리는 내내 지루할 틈이 없었다.

뉴욕 마라톤은 건너야 할 다리가 많은 것으로 악명 높다. 코스 중에 총 6개의 다리를 건너게 되는데 다리가 많은 것은 기록에 악영향을 끼친다. 다리는 구조적으로 중심부가 높게 건설되기 때문에 이는 오르막을 넘어가는 것을 의미한다. 게다가 좌우로 뻥 뚫려 있어서 불어오는 바람을 그대로 맞을 수밖에 없으니 많은 에너지를 소비하게 된다. 그럼에도 불구하고 코스 내내 주변에 들어차 있는 응원 인파를 지나치다 보니 오히려 달리는 페이스가 예상보다 빨라졌다는 것. 거리의 풍경이 건네는 에너지 덕분이었다.

브루클린-퀸즈(Queens)-브롱크스(Bronx)를 차례로 거쳐 최종 골인지가 있는 맨해튼에 입성했다. 32km 지점을 지났으니 이제 10km 정도만 더 가면 골인이었다. 단순히 거리로는

1/4이 남은 것이지만 30km를 쉼 없이 달렸기에 이쯤부터 여러 부위에서 고통이 찾아온다. 마라톤은 32km부터가 진짜 시작이라는 말이 괜히 있는 게 아니다. 두 다리는 무겁고, 당장이라도 쥐가 올라올 것 같다. 목표하던 달리기 페이스도 조금씩 떨어지고, 배도 고프다. 지금까지는 즐거움과 설렘으로 달려왔다면, 이때부터는 내 호흡과 몸에 집중해야 한다. 한마디로 정신줄을 꽉 잡아야 한다. 이전의 다른 지역보다 훨씬 많은 사람들이 나와서 연신 "파이팅!"을 외쳐 줬지만, 사실 풍경은 잘 기억나지 않는다. 나는 돌덩이처럼 무거워진 다리를 움직이기 위해 혼신의 힘을 다하고 있었다. 함께 출발한 지인과 앞서거니 뒤서거니 하며 비슷한 페이스로 같이 달려왔는데, 도착 2km 정도를 남기고 그가 갑자기 인상을 팍 쓰며 주저앉았다. 다리에 쥐가 난 것 같았다. 그는 염려하는 내게 기다리지 말고 먼저 가라고 손짓했고, 나 또한 조금이라도 페이스를 줄이면 쥐가 날 것 같아서 가던 길을 이어 갔다.

  100m 단위로 서 있는 피켓들을 보며 카운트다운을 하듯 골인점으로 향했다. 200m, 100m… 골인. 3:17:35. 뒤를 돌아보니, 쥐가 났던 지인도 마지막에 있는 힘을 쥐어짰는지 바로 뒤이어 들어왔다. 손목에 찬 GPS 시계의 종료 버튼을 누르고 지인과 하이파이브를 힘차게 나눴다. '해냈다!' 첫 해외 마라톤이었던 만큼 완주할 수 있을까 걱정하며 목표 기록을 조심스럽게

잡았었는데, 훨씬 앞당긴 좋은 기록이었다. 그러나 기록보다도, 내 두 다리로 쉬지 않고 달려 무사히 완주해 냈다는 사실이 더욱 기뻤다. '잠시 걸을까?' '조금 속도를 늦출까?' 수많은 유혹이 있었지만 뿌리치고 달려온 스스로가 기특했다.

자원봉사자들이 "Congratulations! You did it!"을 외치며 건네는 완주 메달을 목에 건 채 뉴욕의 상징인 사과를 받아 한 입 베어 물었을 때의 그 기분은 말로 설명할 수가 없다. 세상을 다 가진 것만 같았다. 체온 유지를 위해 나눠 주는 판초 우의를 두른 나는 마치 뉴욕을 정복한 장수처럼 기세등등 걸어 숙소로 돌아왔다.

첫 경험이라 강렬했던 것일까? 그 이후로 도쿄, 바르셀로나, 베를린, 시카고 등 여러 해외 마라톤에 참여해 즐거운 추억을 쌓았지만, 최고의 마라톤 대회를 꼽으라면 나는 주저하지 않고 뉴욕 마라톤을 꼽는다. 달려온 코스 중간중간의 디테일한 것 하나까지 기억에 남아 있다.

세계 최대의 도시, 뉴욕. 뉴욕을 방문한 사람들은 각자의 시선으로 그 도시를 추억할 것이다. 나는 내 두 발로 도시 곳곳을 달리며 발자취를 남겼고, 그 순간에 얻은 오감으로 그 도시를 추억하고 있다. 이것이 해외 마라톤에 참가하게 되는 가장 큰 이유가 아닐까 싶다.

매년 뉴욕 마라톤에 응모하고 있지만, 첫 운이 컸던 모양인지 연거푸 낙첨하고 있다. 하지만 기쁜 마음으로 앞으로도 계속 응모할 예정이다. 다시 뉴욕의 센트럴 파크를 가로지르는 그날을 기약하며!

이번엔 트레일 러닝이다!

달리기를 하는 나를 어머니는 처음에 의아하게 생각하셨다. 어머니가 보시기에 달리기는 내가 좋아할 만한 운동이 아니어서였을 것이다. 나는 '참을성이 없다'고 보일 정도로 지루한 것을 못 참고 반복 작업을 싫어하는 성격이다. 어렸을 때부터 그랬다. 그런 내가 달리기라니. 두 발과 두 팔이 똑같은 자세를 반복하는 운동이라니.

달리기가 지루하지 않은 이유는 달리는 동안 나를 둘러싸고 있는 배경이 끊임없이 변화한다는 점이다. 같은 코스를 달려도 방향이 바뀌면 새로운 코스 같다. 계절과 날씨에 따라서도 다르다. 같은 장소가 똑같았던 적은 단 한 번도 없다. 그리고 이러한 변화는 자연 속에서 달리면 더 드라마틱하게 다가온다. 특히 서울은 기암괴석이 가득한 산들이 도시를 둘러싸고 있으며, 크고 작은 하천과 곳곳에 공원들이 위치하여 자연 속 달리기가 어렵지 않게 가능하다.

서울 둘레길이 조성되고 있다는 뉴스가 나올 무렵인 2014

년 봄, 달리기를 함께 즐기던 대학 선배가 서울에 둘레길이란 게 생겼다며, 아직 완공되진 않았는데 일단 한번 뛰어 보겠다고 했다. 그날 아침 토익시험을 마치고 코스의 종점인 광나루역으로 마중을 나갔다. 산속에서 거의 5~6시간을 달려온 선배와 그의 지인의 얼굴에서 반짝이는 미소를 보았다. 천호역 인근의 프랜차이즈 햄버거 집에서 햄버거를 2개씩 입에 넣고도 아직도 배고프다는 그들을 바라보며, '아, 나도 꼭 같이 뛰어야겠구나' 마음먹었다.

그날로 바로 내 생애 첫 트레일 러닝화(일반 러닝화보다 밑창이 두툼하고, 발등과 발가락을 보호할 수 있게 갑피가 단단하다)와 하이드로 재킷(물통이 달려 있는 등산/트레일 러닝 전용 가방)을 구입했다. 얼마나 설렜는지 모른다.

일반적으로 '트레일 러닝'은 산에서 달리는 이미지를 떠올리기 쉽지만, 실제로는 '포장되지 않은 모든 길'을 달리는 것을 의미한다. 마라톤 같은 포장된 도로에서 달리는 로드 러닝과 구분되는데, 운동 메커니즘적으로나 필요한 장비 면에서나 매우 상이하여 달리 접근하는 것이 좋다. 과거에는 '산악 마라톤'(mountain marathon)과 용어를 혼용하곤 했으나, 깊게 들어가면 운동의 뿌리가 다르기 때문에 지금은 구분해서 사용된다.

몇 날 며칠을 걸어도 계속되는 자연의 풍경 속에서 자연이 가져다주는 자유로움을 한껏 느낄 수 있고, 스스로가 점 같은 작은 존재라는 인식으로 겸허해지기도 하는 것이 '장거리 트레일 러닝'의 매력이다. 처음부터 트레일 러닝을 시작하는 경우보다는 러닝을 취미로 즐겨하다가 범위를 확장하는 경우가 대다수이다. 심폐지구력을 비롯하여 여러 신체 능력을 러닝을 통해 향상시켜야 트레일 러닝을 안전하게 즐길 수 있다. 4~5시간을 산속에서 달릴 수 있는 능력은 한 번에 얻을 수 없다.

트레일 러닝을 하다 보면 자신의 능력을 시험하고 싶은 순간들이 있는데 보통은 대회에 참여하면서 그 욕구를 충족시키곤 한다. 그런데 전국 각지의 산을 넘으며 새로운 풍경을 즐기는 동안 더 긴 거리를 달릴 수 있다는 자신감이 붙게 되고, '더 빨리, 더 멀리, 더 많이' 자연을 즐기고 싶은 또 다른 욕망이 생긴다. 이는 국내를 벗어나 해외로 눈을 돌리게 한다.

마라톤과 같이 트레일 러닝 또한 전 세계적으로 큰 인기를 끌고 있다. 특히 우리나라처럼 산이 많은 프랑스, 스페인, 이탈리아, 스위스 등에서는 인기 있는 스포츠 중 하나이며, 유명 선수들은 꽤 두터운 팬덤을 갖고 있을 정도다. 권위 있고 오래된 대회 또한 많이 열리는데, 그중에서도 프랑스-스위스-이탈리아와 맞닿아 있어 트레일 러닝의 성지로 불리는 몽블랑 산에서 개최되는 UTMB(Ultra Trail du Mont-Blanc) 대회는 전 세계 트레일 러너들이 꼭 한번 뛰고 싶은 레이스로 손꼽는 대회다. 하지만 참여가 쉽지 않다. 참가 조건이 아주 까다로울 뿐만 아니라 자격 요건을 갖춘 선수들 중에서도 극소수에게만 참가 자격이 주어지기 때문이다.

뉴욕 마라톤이 무작위 추첨이었다면, 몽블랑 대회는 그 전에 한 단계가 더 있다. 바로 달리기 '점수'(point). 전 세계 각지에서 열리는 주요 트레일 대회에는 난이도와 거리에 따라 포인트가 차등적으로 부여되는데, 이 포인트(최근 2년간의 포인트만 유효하다!)를 차곡차곡 적립해야 UTMB에 신청할 수 있는 자격이 주어진다. 그리고 신청자 중 추첨을 통해 '선택된' 일부가 대회에 참여할 수 있다. 따라서 평소에 트레일 대회에 자주 참가해 완주해야 할 뿐만 아니라 추첨에서 뽑힐 운까지 따라 주어야 한다. 국내 대회에 꾸준히 참여하여 기준 포인트를 획득한 나는, 첫 신청에서 선발되는 행운을 얻어 2016년 UTMB 대회에 참가하게 되었다.

프랑스 몽블랑을 달리다

UTMB가 열리는 프랑스 샤모니(Chamonix) 마을은 제1회 동계 올림픽이 열렸던 곳인 만큼 동계 스포츠의 성지와 같은 곳이다. 연결 비행 편이 없어 다른 도시에서 버스나 기차로 이동해야 하는, 쉽지 않은 여정이다. 대회에 참여하는 2명의 트레일 러닝팀 팀원, 응원 겸 서포트를 위해 함께해 준 다른 3명의 팀원과 함께 이탈리아 밀라노에서 버스를 이용해 프랑스 샤모니 마을에 입성하였다. 부푼 마음을 안고.

만년설로 뒤덮인 아름답고 높은 산에 둘러싸인 샤모니 마을은 평소에는 조용할 테지만, 대회 시즌만큼은 선수의 가족들과 선수들이 뒤엉켜 시끌벅적했다. 트레일 러닝 대회 또한 단순한 스포츠 경기를 넘어서 축제의 형식을 띠고 있다. 큰 마라톤 대회가 보통 대도시 한가운데에서 펼쳐지는 데 반해, 트레일 러닝은 산속 작은 마을에서 열리기 때문에 전 세계에서 몰려든 트레일 러너들로 마을 전체가 들썩들썩 복작복작 활기가 넘친다. 동네 식당, 카페, 술집, 가게 어딜 가도 발 디딜 곳이 없다.

엄청난 에너지에 마음이 들뜨면서도 한편으로는 걱정이 앞섰다. 트레일 러닝은 일반 도로 마라톤과는 달리 자연환경에서 오는 변수가 절대적으로 크게 작용하는 러닝 종목인데, 첫 해외 대회인 데다 마라톤의 2배가 넘는 무려 100km의 장거리 대회였기 때문이다. 100km 대회 경험이 처음은 아니었지만 늘 생사(?)를 오가고 한계를 경험하는 종목이기에, 이런저런 부담감으로 마냥 마음 편히 그 분위기를 즐길 수가 없었다.

산에서 진행되는 레이스인 만큼 안전을 위해 경기 전 필수 장비를 다 갖췄는지 주최 측에 미리 검사를 받아야 한다. 장비 확인, 배번호 수령 등 필요한 준비를 모두 마치고도 다시 한 번 풀어서 확인하고 또 확인하고…. 대회 전날 밤은 설렘 반, 걱정

반으로 깊은 잠을 이루지 못했다.

내가 참여한 종목은 이탈리아의 쿠르마외르(Courmayeur)에서 시작해서 스위스의 샹팩스(Champex)를 지나, 프랑스의 샤모니에 도착하는 100km 코스로, 누적 고도가 6100m에 이른다. 일반인이 숨이 차기 시작하는 고도가 2000m부터인 것을 생각하면, 고도 3000m가 넘는 가파른 산을 5개 정도 넘어야 하는 고난도의 코스이다. 게다가 도로 마라톤처럼 길을 잃지 않도록 돕는 펜스가 쳐 있지도 않다. 길을 잃지 않아야 하는 것 또한 선수의 자질이므로 골인할 때까지 긴장을 늦출 수 없다.

UTMB의 테마곡인 'Conquest of Paradise'가 웅장하게 마을에 퍼졌다. 대회 전부터 관련 영상을 많이 찾아봤기에 이미 여러 번 떠올린 이미지였음에도, 세계 각국 러너들 사이에서 이 음악을 듣고 있으니 심장이 터질 것같이 뛰었다. "삐" 하는 진행자의 출발 사인에 따라 일제히 마을을 가로질러 마을 뒷산으로 뛰어갔다. 몽블랑은 마을 뒷산도 어마어마한 경사를 자랑하는데, 시작부터 러너들의 속도가 엄청났다. '이 속도로 100km를 뛴다고?' 놀라울 만큼. 산 입구에서부터는 모두 가방에 들어 있던 등산 스틱을 꺼내 타닥타닥 바닥을 짚으며 산을 올라간다. 장거리 대회에서 스틱은 필수다.

트레일 러닝 코스 중간에는 CP(Check point)라고 해서 선수의 안전을 체크하고, 선수들이 영양 보충을 하며 쉬어 갈 수 있는 지점이 있다. 빈 수통을 채우고, 빵이나 스파게티 같은 식사도 할 수 있다. 너무 피곤한 경우는 잠시 눈을 붙이기도 한다. 하지만 각 CP별로 통과해야 하는 제한 시간이 있어서, 늦게 도착하거나 제한 시간 이상 쉬게 되면 실격 처리가 된다. 즉, 몸 컨디션을 살피면서 전체적인 시간 배분을 잘하는 게 중요하다. 인상적인 일이라면, 1CP에 도착했을 때 싸이의 '강남스타일'이 흘러나오고 있었다는 것이다. 그때의 신기함이란! 정신이 없는 와중에 잠시지만 긴장감을 해소할 수 있었다.

코스 자체가 높은 산의 능선을 따라 이어져 있어, 달리는 내내 탁 트인 풍경을 감상할 수 있었다. 파란 하늘, 한국의 산과는 전혀 다른 이국적인 산의 모양과 들판, 산 정상의 하얀 눈과 저 아래 내려다보이는 푸른 잔디, 그리고 숲이 어우러져 컴퓨터 배경화면 같은 광경이었다. 달림의 고됨을 씻어 내는 시원한 바람까지 불어 마치 천국에 와 있는 듯한 느낌마저 들었다.

그런데 감탄과 즐거움도 잠시, 레이스 초반부터 발바닥에 통증이 찾아왔다. 물집이 잡힌 듯한 느낌이었다. 레이스 중간에 멈춰 양말을 벗고 살펴볼 수 없는 노릇이라 참고 계속 나아갔는데, 점점 통증이 커지는 걸 보니 물집이 제법 커진 것 같았다. 수없이 대회를 나갔지만 한 번도 발바닥에 물집이 잡힌 적이 없던 터라 당황스러웠다. 나중에 깨달은 사실이지만 현지에서 구입한 양말을 제대로 세탁하지 않고 신어 발바닥과의 마찰로 물집이 생긴 것이었다. 아직 남은 거리는 80km. 이 긴 거리를 고통을 참고 달릴 생각을 하니 눈앞이 깜깜하고 아찔했다.

매 걸음마다 느껴지는 통증이 어쩌면 다른 부위의 고통을 잊게 해 주었는지도 모르겠다. 사실 장거리 대회에서는 다양한 어려움과 직면한다. 레이스 지속 시간이 6시간이 넘게 되면, 땀의 배출이 많아 탈수 현상이 일어난다. 또한 혈액이 근육으로 몰리게 되어 소화기관이 경직되기도 한다. 운동을 계속하기 위해선 탄수화물과 당 등 영양 보충을 꾸준히 해 줘야 하는데, 먹으면 소화를 제대로 시키지 못하고 다시 위로 올라온다. 물만 마셔도 구토로 배출된다. 이런 식이다 보니, 해가 져 쌀쌀해진 산속에서 달리기가 여간 어려운 게 아니다. 같이 달리던 팀원들은 코스를 갈지자로 휙휙 가로지르며 비틀대고 있었다.

레이스가 11시간쯤 지났을 때, 코스의 절반 지점에 도착했다. CP에 미리 와 있던 팀원들을 만나 그동안 코스의 어려운 점을 나누고, 다음 코스에 대한 전략도 다시 세웠다.

몽블랑 대회가 작은 마을에서 시작해 산속을 달리는 대회이다 보니 하이테크와는 어울리지 않는 '자연주의' 느낌일 수 있는데, 생각보다 시스템이 잘 갖추어져 있다. 내가 지나온 거리나 어느 CP에 몇 시에 들어갔는지 등의 정보를 지구 반대편에 있는 가족과 친구들이 페이스북과 모바일 어플에서 실시간으로 확인할 수 있다. 실시간으로 업데이트되는 나의 상태를 보고 한국과 유럽에 있는 친구들이 응원을 보내온 건 큰 힘이었다. 수천km 떨어진 곳에서 아내는 새벽 내내 응원의 메시지를 보냈고, SNS에 나의 대회 근황을 올려 주었다.

중반을 지나면서부터는 울렁거리는 속이 잘 다스려지지 않아 서포트 팀원이 준비해 준 죽, 빵, 과일 등을 먹기가 힘들었다. 하지만 음식을 섭취하지 않으면 레이스 진행이 어려울 것이므로 억지로 욱여넣어야 했다. 그렇게 재정비를 하고 다시 출발해 스위스 산 어귀 마을을 지나는데 밤늦은 시간임에도 마을 주민들이 각자의 집 앞에 테이블을 꺼내 놓고, 물과 먹을 것을 챙겨 두고 있었다. 대여섯 살쯤 돼 보이는 꼬마 아이들이 음식과 물을 쉴 새 없이 집에서 내어 오는 모습은 꽤 감동적이었다. 이 대회는 대회 주최 측과 달리는 이들만의 것이 아니었다. 그리고 나 혼자만의 레이스가 아니었다.

'함께'를 느끼는 순간은 또 있다. 밤의 산속은 무척 어두워서 선수들은 각각 머리에 헤드 랜턴을 차고 달리는데, 코스가 길고 사방이 탁 트여 있다 보니 저 멀리 앞서 달리는 선수들의 불빛과 뒤따라오는 선수들의 불빛이 점점이 모여 하나의 선을 이룬다. 숲속에서 불빛이 만들어 낸 선은 '아, 나만 힘든 게 아니구나. 다 같이 열심히 달리고 있구나' 하는 일종의 연대감이 되어 주었고, 그 동질감은 포기하지 않도록 이끄는 힘이었다.

물론 불빛이 만들어 낸 선의 일부가 되지 못할 때도 있다. 산속의 밤은 무척 길다. 저녁 6시쯤 해가 지고 아침에 동이 틀 때까지 거의 반나절 내내 어둠이 머문다. 레이스가 지속될수록 선수 간의 앞뒤 간격이 많이 벌어져 혼자 남겨져 있다는 느낌을 받을 때가 있었는데, 순간 하늘을 바라보니 하늘 가득 은하수가 펼쳐져 있었다. 쏟아질 듯 많은 별들이 레이스에 함께하고 있다는 생각으로 무거운 발걸음을 떼어 달려 나갔다.

　시작부터 내 몸의 한계를 시험한 몽블랑 100km 장거리 대회는 중반에 이르자 꽉 붙잡고 있던 정신력 또한 함께 시험대에 올랐다. 물집이 잡힌 발에 몸이 너덜너덜해진 상태로 70km쯤 달려 CP에 들어갔는데, 함께 달리던 팀원 중 한 명이 포기 의사를 밝혔다. 눈앞이 아찔했다. 안 그래도 탈수 현상과 물 중독 증상(물을 필요 이상으로 많이 마셔 구토, 설사, 경련, 혼수 등이 나타나는 것), 소화장애에 근육 경련까지 고통이 이만저만이 아닌 상황이었는데 같이 고생하던 팀원이 더 이상 못 가겠다고 하니, 나에게도 불안감이 엄습해 왔다. '과연 끝낼 수 있을까.' 도대체 왜 외국까지 와서 이 고생을 하는 걸까 달리면서 수백 번 생각했는데, 중도 기권을 선언하는 팀원의 모습에 '에라 모르겠다, 포기하고 쉬자!' 하는 마음이 고개를 들었다. 하지만 이 자리에 오기까지의 여정과 함께 달리는 다른 한 명의 팀원을 생각하면 중간에 포기할 수는 없는 노릇이었다. 마음을 다잡고 1시간 정도 눈을 붙이고 나서 장비를 주섬주섬 챙겨 팀원과 함께 다시 출발했다.

잠 앞에 장사 없다고, 20시간 가까이 달리다 보니 동이 틀 무렵엔 눈꺼풀이 무거워 반쯤은 졸면서 걸었던 것 같다. 이미 목표했던 이상적인 완주 시간은 훌쩍 넘겼기 때문에, 속도를 내는 것보다는 '안전하게 완주하자'로 목표가 수정된 상태였다.

해가 뜨고 밝아지자 다시 속도가 붙었다. 남은 거리와 남은 제한 시간을 계속 확인하면서, 드디어 마지막 산을 넘었다. 마지막 10km는 내리막이었는데, 부지런히 달려가야 제한 시간에 완주가 가능한 상황이라 진짜 젖 먹던 힘까지 쥐어짜서 달렸다. 이미 지친 다리는 내리막길에도 천근만근 무겁게 느껴졌고, 발바닥 전체에 퍼진 물집은 진작에 터져 피가 흥건했을 정도로 한 걸음 한 걸음이 고통스러웠지만, 그래도 이제 완주가 코앞에 있었다.

산에서 내려와 마을에 입성하니 수많은 응원객들이 고생했다며 박수를 쳐 주었다. 연신 하이파이브를 하며 확성기 소리와 음악 소리가 점점 크게 들려오는 골인 지점을 향해 달려 나갔다. 함께 달리던 러닝 메이트와 골인 지점 앞에서 건네받은 태극기를 펼쳐 들고서 드디어 골인.

26시간 30분의 제한 시간에 26시간 15분의 기록으로 가까스로 완주에 성공하였다. 태극기를 펄럭이며 300m 정도의 구간을 더 들어가는데, 힘들었던 순간순간이 주마등처럼 스쳐 지나갔다. 울컥하는 마음에 눈가가 뜨거워졌지만 많은 사람들이 사진을 찍고 있어서 눈물을 애써 참았다. 선글라스가 없었으면 눈물을 참느라 일그러진 얼굴이 다 드러날 뻔했다.

점심쯤 골인을 했는데, 땀투성이, 흙투성이의 몸을 씻어 내고는 저녁까지 죽은 듯이 잤다. 말 그대로 침대와 하나가 되었다. 내 인생에서 가장 달고 깊은 잠이었다.

나의 몽블랑 코스 완주 기록은 한국인 최연소 기록으로 남아 있다. 도전하는 사람 자체가 적어서이기도 하고, 또 언젠가는 깨질 기록이다. 사실 기록보다 내게 의미 있는 건, 내가 목표한 것을 끝내 이뤘다는 점이다. 해냈어! UTMB의 완주 경험은 '제2의 인생 시작'이라고 할 수 있을 정도로 그 이후의 내 달리기 커리어뿐만 아니라 인생 전반에 걸쳐 나침반 같은 역할을 해 주었다.

취미였던 달리기는 내 사회생활의 첫 커리어부터 시작하여 그 후 서너 번의 이직에도 관련 분야에서 일하는 데 큰 영향을 주었다. 그리고 현재 러닝을 처음으로 시작하는 일반인들의 코치로도 일하며 더 깊은 지식을 쌓고자 한국체대 대학원에 진학해 운동건강관리학을 공부하고 있다.

보라매공원을 달리던 순간의 바람은 작은 트로피였다. 바르셀로나의 골목을 달리면서는 유학 생활을 버틸 힘을 길렀다. 그때는 내 인생에 달리기가 이처럼 깊게 들어오게 될지 알지 못했다. 내 인생 순간순간의 작은 동기가 모여, 이제 나는 달리기를 빼놓고는 이야기할 수 없는 사람이 되었다. 아니, 내 인생에서 달리기를 떼어 낼 수가 없다. 평생을 함께하고 싶은 달리기. 나의 달리기는 계속된 도전이고 모험이자 즐거움이다.

Run for life.

김유진

수원시장애인종합복지관 음악치료사

이름만 보면 우아한 직업 같지만, 실상은 장
애 아동들과 음악 사이에서 치열한 전투를 벌
이는 것이 일상이다. 무엇보다 든든한 체력이
뒷받침되어야 하는 일이라 달리기와 묘하게
닮은 직업. 내가 달리게 된 건 어쩌면 운명일
지도 모르겠다. 2년 전 달리기와의 필연적 만
남 이후 '맛집 가자'보다 '같이 달리자'에 더 설
레는 아직은 런생아이자, 달리기 장비 구입에
더 진심인 자칭 소비요정. 장비 값이 떠올라
오늘도 달린다.

4

오감(五感) 달리기

달리기는 ○○로만 하는 게 아니다

다시, 시작

10대의 나는 교내 체육대회 달리기 선수 명단에 자주 이름을 올릴 정도로 달리기를 잘하고 좋아하는 학생이었다. 하지만 20대에 들어선 후로는 좀처럼 뛰지 않는 사람이 되었다. 강의에 늦을까 봐 뛰어 본 적도 별로 없다. 뛴다고 지각이 정시 출석이 되는 건 아니었으니까. 사회인이 되어서는 지하철이나 버스를 놓치지 않기 위해 잠깐 뛰어 본 게 다고, 내 차가 생긴 후로는 두 발이 일정 속도 이상 빨라진 적이 거의 없다. 그렇게 달리기와는 거리가 먼 삶을 살고 있었다.

몇 년 전부터 나는 일명 '프로 입원러'였다. 병원에서 의식주를 해결하는 일이 매해 연례행사처럼 치러졌다. 수많은 숫자들로 내 상태가 정의됐고, +/-로는 설명할 수 없는 증상들이 나타났다. 갑자기 중단된 모든 일상을 회복하는 데 꽤 긴 시간이 소요됐다. 나는 이 생활을 멈추기 위해 무슨 운동이든 시작해야겠다고 다짐했다.

퇴원 후 달리기를 선택했다. 하필 코로나 때문에 실내운동에 제약이 많아지면서 내가 선택할 수 있는 건 야외에서 하는 달리기뿐이었다. 달리기는 어디서든 움직일 수 있는 두 다리만 있으면 되니까 그나마 진입장벽이 낮은 운동이라고 생각했다.

달리다 보면 뭔가 달라지지 않을까 기대를 했다. 사람들은 각자의 인생이나 힘든 시간, 지루하고 긴 싸움 등을 달리기에 비유하곤 하는데, 나는 어쩌다 보니 20대 초반부터 질병과 싸우는 무척 긴 거리의 달리기를 하고 있었다. 적어도 진짜 달리기는 힘들면 걷거나 멈출 수 있고, 결승점을 내가 만들 수도 있다. 하지만 이 달리기는 그렇지 않았다. 오히려 밖에서 달리는 것보다 훨씬 더 숨이 차고 힘들었다. 이 끝이 보이지 않는 달리기를 하는 내가 길 위에서 진짜 달리기를 시작한다면, 십수 년을 이어 온 질병도 결승점에 도착할 것 같았다.

계절을 불문하고 열심히 달리고 있다. 지난 2년간 꾸준히 달리면서 보고 느낀 것들을 글로 옮겨 보려 한다. 나는 이를 '오감(五感) 달리기'라고 부를 생각이다. 오감 달리기 덕분에 달리기를 더 좋아하게 됐다고 해도 과언이 아니다. 10대 때의 마음을 되찾은 기분이다(아쉽게도 신체 나이가 10대로 돌아오진 않았다). 나만 알고 있기엔 너무나 아까운 오감 달리기의 매력을 같이 느껴 보길 바란다.

손으로 하는 달리기

달리기는 오로지 '다리'로만 하는 운동이라고 오해하기 쉽다. 하지만 나는 달리기에서 '손'을 빼놓을 수 없다고 생각한다. 사실 달리기에서 손이 하는 역할이 크다. 이왕 운동을 제대로 해보겠다고 마음먹었을 때 제일 먼저 하게 되는 일은 바로 쇼핑이다.

달리기에서 제일 중요한 아이템을 꼽으라면 신발이다. 추가로 땀을 잘 흡수하는 기능성 운동복과 스포츠 속옷이 있으면 더 좋다. 이뿐인가? 발바닥을 보호할 도톰한 스포츠 양말도 필요하다. 하나만 있어서 되겠는가? 혹여나 매일 운동할지도 모르니 장바구니에 종류별로 색깔별로 두세 개 더 담는다. 달리다 보면 무릎이 아프니까 무릎 보호대(무릎이 두 개라서 보호대도 두 개), 핸드폰을 들고 뛰기 번거로우니 허리벨트, 이왕 이렇게 된 거 핸드폰 대신 스마트 워치, 여름철 뜨거운 햇빛을 차단하기 위해 모자, 피부에 흐르는 땀과 열기를 식혀 줄 쿨링 타올, 겨울엔 장갑과 넥워머, 털모자, 귀마개까지. 달리기에 필요한 아이템이 이렇게나 많은 줄은 몰랐다. 다시 정확하게 말하자면, 여태 이렇게나 많이 사들였을 줄이야!

반드시 매장에 가서 입어 보고, 신어 보고 사야 하는 게 아니라면 나는 주로 인터넷 쇼핑을 이용한다. 여러 웹 사이트들을 탐색하고, 그 결과 취향과 가격에 맞는 러닝템들을 장바구니에 넣고 결제하는 과정까지, 이 모든 것이 손이 하는 일들이다. 무엇을 살지 계획하고 결정을 내리는 것은 전두엽이 할지라도, 그저 생각만 하고 손이 움직이지 않으면 택배 박스는 영영 도착하지 않는다.

손이 하는 중요한 일 두 번째는 기록이다. 나는 달리기를 할 때마다 사진을 최소 한 장은 꼭 찍는다. 자주 사용하는 러닝 기록 어플에서 기록을 공유할 때 쓰는 배경화면과 SNS에 올릴 사진이 필요하기 때문이다. 대부분은 하늘이나 내 두 발, 달려온 길 등을 찍는다. 매일 같은 코스를 뛰어도 이왕이면 다른 공간을 담으려고 한다. 그리고 오늘 러닝에 대한 짧은 소회와 사진 한두 장을 SNS에 올린다.

멋진 하늘 사진과 러닝 기록을 꾸준히 올린 탓에 내 SNS를 보고 운동을 해야겠다고 마음먹은 이가 한둘이 아니다. 한 친구는 내가 달리는 시간에 걷기 시작했고, 각자 운동하는 곳의 하늘 사진을 문자로 공유했다. 같은 시간이지만 우리가 보는 하늘은 각각 다른 색을 만들어 내고 있었다. 둘 중 하나가 집 밖을 나가기 싫어하는 날에는 한 명이 먼저 나가서 하늘 사진을 보내어 다른 한 명을 집 밖으로 이끌기도 했다. 때론 핸드폰을 붙들고 그간 쌓아 둔 수다를 산책로에 뿌리며 같이 걸었다. 나는 이를 '랜선 운동'이라고 명명했다. 변화는 친구뿐만 아니라 가족에게도 찾아왔다. 아빠는 꾸준히 운동하는 나를 보며 소파에 등을 붙이고 있는 시간보다 두 발을 움직이는 시간이 늘었다. 나는 그저 달리고, 또 달리는 일상을 공유했을 뿐인데 함께 건강해지기로 동참한 이들이 많아져 몹시 뿌듯하다.

손이 하는 세 번째 일은 바로 손뼉 치기이다. 손뼉 치기는 달리기에서 매우 중요하다. 특히 누군가와 같이 달린다면 말이다. 재작년 봄, 동호회의 첫 러닝에서 약 5km를 뛰었는데, 절반을 달렸을 때쯤 호흡이 가빠졌고 이제 더 이상은 못 뛰겠다고 포기하고 싶은 순간이 왔다. 5km가 이렇게 길 줄은 몰랐다. 속도를 줄이고 좀 걸으려는데 뒤에서 달려오던 코치님이 손뼉을 치며 외치는 게 아닌가.

"끝까지 뛰어야죠! 옷에는 'longest run'이라고 쓰여 있는데요?"

내게 있는 유일한 긴팔 운동복이라서 입었을 뿐인데 왜 하필 'longest run'이라고 쓰여 있는 건지. 어이가 없었지만 힘들어서 웃음도 안 나오고 대답할 기력도 없었다. 그런데 손뼉 소리를 들으니 도저히 멈추어 설 수 없었고, 그렇게 달리다 보니 어느새 종착 지점에 와 있었다. 그날 이후에도 같이 달리는 동료들의 손뼉 소리는 내가 중간에 포기하지 않게 이끄는 힘이 되어 주었다. 나도 이제는 같이 뛰는 사람들에게 손뼉을 치며 외친다. "저번보다 잘 뛰는데요?", "다 왔어요!", "할 수 있다!"

  사람들과 뛰지 않을 때는 주로 혼자서 뛰는 편이다. 달리다 보면 삼삼오오 모여서 달리는 사람들을 만나기도 하고, 나처럼 혼자 달리는 사람도 많이 본다. 하루는 힘겹게 잠수교 오르막길을 오르고 있는데 반대 방향에서 달려오던 한 남자가 나를 향해 우렁차게 '파이팅'을 외치며 손을 들었다. '처음 보는 사람인데?', '지금 나한테 한 건가?', '나도 하이파이브를 했어야 했나?' 조금 당황스럽고 어색한 타인의 인사를 그렇게 지나쳤다. 처음 보는 나에게 파이팅을 건네준 그 사람의 대단한 용기가 신기해서 계속 웃음이 났다. 오르막이 힘들어서 걷고 싶던 차에 때마침 파이팅을 받았고, 웃다 보니 잠수교 언덕을 다 지나온 후였다. 요즘도 가끔씩 반대편에서 달리는 사람들이 파이팅을 외쳐 준다. 말 대신 엄지를 들어 주는 이도 있다. 나는 아직 런생아라 먼저 인사를 건네기 어렵지만, 손을 들어 파이팅을 다시 돌려줄 만큼의 여유와 용기는 생겼다.

  달릴 때 다리는 계속 일정하게 움직여야 하지만 손은 다리와 속도를 맞춰 움직이면서도 어느 정도 자유가 주어지니 손뼉을 치기로 했다. 그리고 때로는 나도 손을 들어 상대방에게 파이팅을 되돌려 주기로 했다. 손으로 격려를 받는다면, 나도 상대방도 조금은 편안하게 달릴 수 있을지 모르겠다. 그러니 런생아들이여, 이제 달리면서 두 손을 마주쳐 보자. 한 번도 괜찮다. 손뼉을 쳐 보자. 손뼉은 모기를 잡을 때나 공연장에서만 치는 것이 아니다.

눈으로 하는 달리기

하늘 보는 것을 참 좋아한다. 이런 나의 취향을 저격한 동호회 모임을 발견했으니, 바로 [노을 러너]. 러닝 습관을 들이기 위해 가입한 것이지만, '서울 도심 속 운동+힐링+낭만 프로젝트'라는 키워드와 멋진 노을을 보며 뛴다는 설명에 끌린 것이 사실이다. 그렇게 나는 2020년 봄, 노을 러너가 되었다.

우리는 한 달에 한두 번 주말에 모여서 서울 도심을 달리고, 모임의 이름답게 노을을 배경으로 인증 사진을 찍었다. 비록 땀으로 범벅이 된 얼굴이지만 멋진 해 질 녘을 배경으로 한 사진들이 사진첩에 하나둘씩 쌓였다. 잠시 숨을 돌리면서도 카메라 어플을 재빨리 열어 달려온 곳의 풍경을 담았다. 그렇게 모아 둔 사진들을 볼 때마다 흐뭇했다.

무엇보다 달리는 내내 두 눈으로 좋아하는 하늘을 마음껏 담을 수 있어서 좋았다. 퇴근 무렵이든 한낮이든 시시각각 바뀌는 하늘의 색깔과 구름의 모양, 계절에 따라 달라지는 색감, 달이 걸린 모습까지. 비단 하늘뿐인가. 다양한 모습의 운동하는 사람들, 그들이 입고 있는 옷과 신발까지 관찰하다 보니 달리는 시간이 얼마나 흥미로운지. 물론 달리기에도 권태기인 '런태기'가 온다. 그럴 때면 달리는 코스를 바꿔 본다. 항상 달리던 길에서 방향만 바꾸었을 뿐인데 동네의 숨어 있는 가게들을 발견하기도, 언제나 등 뒤에 있었던 해를 마주 보기도, 가끔은 수많은 전조등과 줄줄이 눈 맞춤을 하기도 한다. 이처럼 동네 구석구석을 누비며 익숙한 곳에서의 낯선 신선함을 마주하는 게 달리는 낙이다.

달리기는 아침에도 가능하다(너무나 당연한 얘기일지도 모르나 필자는 아직 만 2세 런생이다). 하루는 저녁 7시에서 아침 7시로 시간을 바꾸어 달렸다. 점점 밝아지는 하늘을 보며 일출이 이렇게 아름다운 것이었나 싶었다. 새벽공기를 마시며 달리는 기분은 정말 신선했다. 달콤한 늦잠의 유혹을 이기고 이제막 출근하는 해를 온몸으로 맞이한 나 자신이 대견했다. 놀라운 건 주말 이른 아침의 한강변에는 예상과 달리 정말 많은 사람들이 걷거나 달리고 있었다는 거다. 점차 또렷해지는 내 그림자를 보면서 달리다 보니 혼자라도 외롭지 않았다.

달리기를 시작한 후로 내 SNS는 하늘을 배경으로 한 달리기 인증 사진이 주를 이룬다. 비가 오거나 강추위가 아니라면 대부분의 평일 저녁 시간과 주말엔 고민 없이 달리기를 선택한다. 특히 해가 퇴근하려는 무렵에 달리면, 하늘은 이 세상 물감으로는 결코 흉내 낼 수 없는 분위기의 엄청난 풍경을 선물한다. 일명 '매직아워'(magic hour). 어스름하게 남은 빛으로 인해 주변의 풍경과 사물들이 따뜻한 색감을 띠고 황금빛으로 물들기도 해서 '골든아워'(golden hour)라고도 불린다. 이 시간대에는 어디를 어떻게 찍어도 '좋아요'를 잔뜩 받을 수 있는 사진이 남는다. 내가 SNS에 꾸준히 사진을 올릴 수 있었던 건, 이렇게 매일 다른 색을 보여 주는 성실한 하늘 덕분일지도.

그 멋진 하늘을 굳이 힘들게 뛰면서 봐야 하냐고 할지도 모르겠다. 물론 실내에서 시간에 구애받지 않고 재미있는 TV 프로그램을 보면서 달릴 수도 있지만, 그건 내가 해 본 운동 중에 가장 지루한 운동이었다. 러닝머신 위에서 리모컨을 손에 쥐고 무엇을 봐야 달리기가 지겹지 않을까 고민한 적이 많았다. 하지만 시선을 밖으로 돌린 후로, 그런 고민을 하지 않는다. 하늘은 나에게 단 하루도 같은 모습을 보여 준 적이 없기에 지루할 틈이 없다. 매일 비슷한 곳을 달려도 늘 새 옷이고 신상이다. 나는 그저 고개만 이리저리 돌리면 될 일이다(집 밖을 나갈까 말까부터 고민이라면 할 말은 없다).

달리면서 마주하는 하늘은 "정말 좋다"라고 말하기에도 무척 아쉽다. 사실 숨이 차오르게 힘든 시간이지만 황홀한 풍경을 보면서 목표한 거리를 달린 후에 느끼는 성취감과 희열 때문인지, 이때 바라본 하늘은 기억 속에 더 짙게 남는다. 이 글을 쓰고 있는 지금도 하늘이 붉게 물들고 있다. 어서 노트북을 닫고 뛰어나가야 할 것 같다.

나의 달리기 열정이 커진 것도 눈으로 하는 달리기를 통해서다. 날씨와 상관없이 달리는 러너들을 관찰하면 그들의 열정이 내게로 전염되는 기분이다.

무릎 부상 때문에 한동안 달리지 못할 때였다. 출근길 아침에 건물로 뛰어 들어가는 한 남자를 보았다. 그 남자는 매일 아침마다 내 차 앞을 지나갔다. 심지어 비가 오는 날에도 같은 곳을 지나갔다. 차라리 그를 보지 않으면 좋겠다고 생각했다. 헤어진 전 남자친구 이야기가 아니다. 그를 볼 때마다 달릴 수 없다는 사실에 괴로웠다. 새로 산 옷과 러닝화의 처지가 조금 애처로웠다. 부상만 아니면 그까짓 시간과 날씨는 상관없다고 생각했다. 나의 달리기 열심을 확인한 순간이었다.

어느 일요일 이른 아침의 일도 기억난다. 밤새 눈이 제법 많이 쌓인 곳을 걷고 있었다. 그때 오른쪽 골목에서 한 여자 러너가 한강 고수부지가 있는 왼쪽 골목을 향해 달리는 것을 보았다. 발목을 드러낸 레깅스에 늦여름에나 입을 법한 얇은 바람막이만 걸친 채로 새하얀 눈밭 위를 뛰어 내 앞을 지나갔고, 내 고개는 한동안 그녀의 뒷모습에 고정되었다. 그렇게 멀어지는 그녀를 보며 한 손의 엄지를 세워 그녀의 가는 길을 조용히 응원해 주었다. 더 놀라운 것은 같은 장소를 약 1시간 후에 다시 가게 되었는데, 그녀가 왼쪽 골목에서 나타났다는 거다! 오늘 날씨가 뭐 대수냐는 듯. 내 눈에는 사방이 하얀 눈밭이었지만, 그녀의 눈에는 그저 단골 트랙이 아니었을까. 영하의 날씨에도 달리게 하는 비결은 무엇이었을까. 이번에는 두 손의 엄지를 세워 집으로 가는 그녀를 배웅해 주었다.

달리다 보면 잊을 수 없는 경험을 하기도 한다. 날씨가 화창했던 어느 주말, 나는 호기롭게 10km 장거리 달리기를 다짐했다. 평소 하루에 4~5km를 달렸지만 거의 매일 달리고 있던 터라 '10km쯤이야' 했음을 고백한다. 하지만 직전에 먹은 밥이 소화가 덜 된 건지, 아직 몸이 덜 풀린 건지 5km 반환점에 다다랐을 때쯤 어떻게 다시 5km를 돌아가야 하나 걱정이 몰려올 정도로 몸이 급격히 피곤해졌다. 자신 있게 장거리를 다짐하던 1시간 전의 나를 책망했다.

그렇게 두 발을 겨우 움직이고 있을 때, 머리가 희끗희끗한 할아버지 한 분을 보았다. 아까부터 내 옆에서 비슷한 속도로 달리고 계셨던 것 같은데, 어느새 할아버지의 뒷모습이 보였고, 할아버지는 점차 작아졌다. 작은 물병 하나와 핸드폰을 허리에 찬 채 한 점 흐트러짐 없는 자세를 유지하며 달리고 계셨다. 한강에서 수많은 러너들을 봤지만 할아버지 러너는 처음이었다. '어디서부터 달리신 걸까?', '혹시 매일 달리시나?', '언제부터 달리셨을까?', '적어도 몇 십 년은 달리셨겠지?', '무릎은 괜찮으신가?', '저렇게 꾸준히 달리게 된 비결이 뭘까?' 여러 질문들이 꼬리에 꼬리를 물었고, 엄청난 존경심이 거친 숨을 타고 올라왔다. 그리고 하나의 질문에서 생각이 멈췄다. '나도 할머니가 될 때까지 달릴 수 있겠지?'

그날 이후로 할머니가 될 때까지 부상 없이 달리기를 하기로 다짐했다. 내 연골과 관절들이 허락해 준다면. 지금은 '런생아'인데, 그럼 할머니 러너는 뭐라고 불러야 할까(『이름들』 작가님께 작명을 부탁드려야겠다). 아무튼 포기하고 싶었던 10km 달리기는 우연히 만난 할아버지 러너와 그에 대한 숨찬 존경심으로 인해 완주할 수 있었다. 그리고 할머니가 될 때까지 달리기를 쭉 하고 싶다는 새로운 목표가 생겼다.

코로 하는 달리기

어떻게 호흡하는지 모른 채로 달리기를 시작했다. 태어난 이래 육지에서 숨 쉬는 것을 따로 배워 본 적이 없었기에 달릴 때는 그저 더 빠르게, 더 많이 숨을 들이마시고 내뱉으면 될 것이라 생각했다. 하지만 첫 러닝에서 가장 힘들었던 것은 다름 아닌 '숨'이었다. 달리기가 다리로만 하는 게 아니라는 것을 이날 깨달았다. 어떻게 숨을 쉬어야 덜 힘들까를 고민하다가 '고등학교 때는 운동장을 어떻게 돌았더라?'의 질문으로 추억여행이 시작되었다.

고등학교 때 체육 선생님은 체력증진이라는 목표 아래 운동장을 대여섯 바퀴씩 도는 것으로 수업을 시작하셨다. 여고생들의 긴 한숨 소리가 운동장을 메울 때면, "습습후후로 뛰어"라고 하셨다. 이십 년 전 일이라 내 기억에 확신은 없었지만 '이거라도 한번 해 보지 뭐' 하는 마음으로 코로 두 번 숨을 들이마시고 입으로 두 번 숨을 내뱉는 '습습후후' 호흡을 시도했다. 이 방법이 틀리지는 않지만 호흡법은 달리는 속도에 따라 각각 다르다는 것을 나중에야 알게 되었다. 그래도 첫 러닝에서는 이렇게라도 숨을 쉬니 호흡이 조금이나마 정렬되며 힘든 시기를 넘을 수 있었고, 새로운 호흡법을 배우기 전까지는 계속 '습습후후'로 숨을 쉬며 달렸었다.

학창 시절에는 흙먼지를 마시며 운동장을 달리는 게 너무 싫고 힘들기만 했는데, 어른이 되고 보니 체육 시간은 나에게 소중한 '습습후후'를 남겨 주었다. 체육 선생님은 아실까? 그때 체육 시간에 투덜거리던 제자가 지금은 누가 시키지 않아도 달리고 있다는 것을 말이다.

이제 마스크는 달리기의 필수품이 되었다. 마스크를 쓰고 가만히 있어도 답답한데 운동할 때조차 마스크를 벗을 수 없으니 코로나가 야속했고, 왜 이런 때에 이 숨찬 운동을 시작했을까 싶기도 했다. 같이 달리는 사람들은 달리면서 대화도 하는데 나는 대화는커녕 대답조차 하기 힘들어서 거친 숨소리와 머리의 움직임으로 대답을 대신한 적이 많았다. 혹시 마스크를 바꾸면 숨이 덜 차지 않을까 싶어서 KF 마스크에서 덴탈마스크로 바꾸어도 보고, 면 마스크를 쓰다가 필터형 마스크도 써 봤다. 여러 종류의 마스크를 써 봤지만 거친 숨을 어찌할 도리가 없었다.

이런저런 시도를 하는 중에 내가 손으로 하는 달리기에서 한

가지를 빼먹었다는 사실을 알게 됐다. 바로 '러닝 마스크' 검색. 역시나 운동용 마스크는 따로 있었다! 생각보다 가격이 비쌌지만(러닝용 마스크 1개면 KF 마스크가 몇 개냐의 발상) '숨이 차지 않는다'는 별 5개의 후기들은 이미 내 손을 '결제하기' 버튼으로 옮겨 놓고 있었다. 그렇게 결제가 순식간에 이루어지고 마침내 택배가 도착한 날, 바로 러닝용 마스크를 쓰고 달렸다. 마스크 하나 바꿨을 뿐인데 호흡이 한결 쉬워졌고 늘 달리던 거리도 전보다 더 가뿐하게 마무리할 수 있었다. 이처럼 달리기에서 숨쉬기의 중요성은 별표 다섯 개도 모자라다.

그런데 달리기에서 코의 기능은 호흡에 그치지 않는다. 매우 중요한 하나가 남아 있다. 마스크를 쓰고 달려야 하는 시대지만, 마스크를 넘어 들어오는 온갖 냄새들은 달리기의 매력을 더해 준다.

내가 좋아하는 냄새 중 하나는 풀 냄새이다. 하루 중 실내에 머무는 시간이 길다 보니 방향제나 소독약과 같은 인공적인 냄새에 둘러싸여 있다. 아무 냄새가 나지 않는 공기가 그립기까지 하다. 그러니 풀 냄새 같은 자연의 냄새를 좋아할 수밖에. 녹음이 짙은 곳을 달리다 보면 풀 냄새를 쉽게 맡을 수 있다. 특히 잔디나 우거진 수풀을 막 잘라 낸 산책로는 아직 정리가 덜 되어 지저분하지만, 풀의 날 것 그대로의 냄새를 가득 마실 수 있는 행복한 달리기 코스다. 풀 냄새를 어떻게 표현해야 할지 모르겠다. 물을 적게 풀어 찐득해진 짙은 초록색 물감을 코에 쉴 새 없이 들이붓는 느낌이랄까.

봄에서 여름으로 넘어가는 시점에는 라일락 향기가 사방에 옅게 깔린다. 산책로에 향수를 뿌려 놓은 듯하다. 때로 지나가는 사람의 향수 냄새가 짙으면 인상이 찌푸려질 때가 있는데, 라일락 향기는 아무리 짙어도 미간에 주름을 만들지 않는다. 이건 마치 너른 꽃밭 사이를 달리는 기분이다. 예전에는 사람들의 옷차림을 보며 계절이 바뀌었음을 알았다면, 달린 후로는 코끝에 매달리는 향기에서 계절의 변화를 제일 먼저 알아차린다.

여름에 들어서면 더 다양한 냄새들을 맡을 수 있다. 반포천과 한강변을 주로 달리는 나는 물 냄새를 자주 맡는다. 고인 물의 꿉꿉한 냄새와 빽빽한 습기가 한데 어우러지면 비로소 여름이 왔음을, 야외 운동을 여러 핑계로 미룰 날이 점점 다가오고 있음을 실감한다. 비가 오기 전날에는 습한 공기와 더불어 짙은 흙냄새가 공기를 가득 채운다. 물론 여름에도 풀 냄새의 존재감은 여전하다.

더운 바람이 차츰 사그라질 때쯤이면 마스크를 뚫고 코끝으로 서늘한 냉기가 느껴진다. 여름에 미련이 남은 반포천의 물 냄새와 풀 냄새도 아직 남아 있다. 은행나무가 잔뜩 심어진 산책로에서는 가을의 대표 냄새를 맡을 수 있다. 냄새는 가득한

데 열매의 흔적이 보이지 않을 때에는 혹시나 낙엽 밑에 숨어 있는 열매를 밟을까 싶어 뒤꿈치를 최대한 들고 발가락 끝으로만 조심스럽게 달린다. 이때는 일직선으로 달릴 수 없다. 마치 지뢰 찾기 게임판 위에 있는 마우스처럼 몸을 움직인다. 발바닥이 은행 지뢰(?)들과 잠깐이라도 스치지 않길 간절히 바라며, 이곳만큼은 누구보다도 민첩하고 재빠르게 통과하려 한다. 그런데 사실 내가 가을철 은행나무 아래보다 더 빠르게 지나가는 길목은 따로 있다.

내가 자주 달리는 한강 고수부지 구간에는 큰 편의점이 하나 있는데 B사의 치킨집이 같이 자리하고 있다. 어느 날은 그 편의점 근처에 치킨 냄새가 진동을 했다. 조금 더 달리니 이번에는 라면 냄새가 도로를 가득 채웠다. 확인해 보지 않았지만 그 주변에 있는 모든 사람이 치킨과 라면만 먹고 있는 게 분명했다. 나는 주로 달리기 후에 먹기 때문에 배고픈 상태에서 이 구간을 달린다는 것은 거의 고문에 가까운 일이다. 한강뿐만 아니라 시내를 달릴 때에도 비슷한 경험을 수두룩하게 한다. 날씨가 좋아 문을 활짝 열어 놓은 가게들에서 흘러나온 고기 굽는 냄새, 포장마차에서 파는 떡볶이와 튀김 등 온갖 군것질거리들의 냄새가 코에 꽂힌다. 꼭 배고픈 상태가 아니더라도 이런 곳을 지나치다 보면 입맛을 다시기 마련인데 달리고 있는 내게는 오르막보다 더 힘든 구간이다. 사실 시내 거리는 지나

다니는 사람이 많고 울퉁불퉁한 보도블록 때문에 달리기에 적절하지 않다. 거기에 맛있는 냄새들을 그저 코끝의 상상으로만 남겨야 하는 안타까움까지 더해져 이 구간은 가장 빠르게 지나치는 곳이다.

달리다 보면 여러 냄새들을 순식간에 지나치지만, 가끔은 냄새를 맡으려고 달리기를 멈추기도 한다. 냄새가 좋든 싫든 코로 온전히 느껴 보고 싶을 때가 있다. 주변에 사람이 없으면 마스크를 잠시 벗어 본다. 당연한 줄 알았던 그 계절 공기의 냄새와 늘 그 자리에 있던 물가, 나무, 풀, 꽃들의 냄새는 이제 마스크를 벗어야지만 누릴 수 있는 것이 되었다. 쓰고 보니 코에게 미안해진다. 아, 음식 냄새도 그냥 지나쳐야 하니 입에게까지 미안!

입으로 하는 달리기

달리기에 대한 관심이 점차 늘어날 때쯤 유튜브 알고리즘은 나를 여러 마라토너들의 채널로 이끌었다. 달리기 호흡법, 달리기 주법, 초보에게 추천하는 러닝화 등 비대면으로 만난 여러 코치님들께서 나를 여기까지 이끌었다 해도 과언이 아니다. 이 지면을 빌려 부지런한 마라토너 유투버들께 감사를 드린다.

영상을 통해 알게 된 것 중에 하나는 뛰면서 대화를 할 수 있을 정도가 자신에게 맞는 속도이며, 그때의 호흡이 가장 편하다는 것이다. 아니 어떻게 달리면서 편한 호흡이 가능하다는 걸까. '달리다'와 '편하다'가 서로 어울리는 단어가 아닌데.

과거의 나는 달리면서 대화를 한다는 것이 거의 불가능에 가까웠다. 말을 하려면 호흡이 반드시 동반되어야 하는데, 달리다 보면 두 개의 콧구멍으로 공기가 들어가고 나가는 것만으로도 버거웠기 때문이다. 그런데 어느새 나도 어느 정도 내게 편한 속도와 호흡을 찾았고, 약간의 대화도 가능해졌다. 그러다 보니 같이 뛰는 사람들에게 손뼉 치기 외에도 여러 응원의 말들을 건넬 수 있게 되었다.

동호회 사람들과 같이 달리는 동안 옆에서 말을 거는 게 무척 귀찮고 성가셨다(말을 건 사람이 싫어서 그런 건 절대 아니다). 주로 간단한 안부 인사와 주중에 얼마나 달렸는지, 운동은 무얼 했는지, 지금은 힘들지 않은지 같은 것들이었다. 심지어 실없는 농담도 있었다. 굳이 이 얘기를 달리면서 해야 하나 싶고, 숨만 쉬기도 힘들어 죽겠는데 왜 말을 거는지 이해가 안 됐다. 그래서 누가 나에게 말을 걸면 대답 대신 손사래를 치곤 했다. 그런데 달리면서 대화가 가능한 수준에 이르고 보니, 그때 사람들이 왜 굳이 달리면서 안부와 농담을 건넸는지 조금은 알 것 같다. 우선 말을 하다 보면 내가 어떤 속도에서 편한지 알게 되고, 이에 따라 속도를 조절할 수 있게 된다. 또한 호흡이 가빠 오는 고강도 운동에서 상대에 대한 관심과 그 관심에서 나온 말들은 두 다리와 폐에 큰 힘을 준다는 것을 깨닫게 되었다.

뻔한 말일지도 모르지만 "파이팅", "할 수 있다" 같은 간단한 말이 달리면서 참 큰 힘이 되었다. 그중에서도 가장 반가운 말은 "다 왔다!"이다. 목표한 거리를 다 달린 후에 주고받는 말들도 꾸준히 달리는 데 도움이 된다. "아까 그 오르막은 힘들었는데", "코치님이 마지막 1km 전력 질주시킬 때 토할 뻔했는데", "오늘 더워서 진짜 나오기 싫었는데"로 시작한 문장의 끝은 언제나 "그래도 끝까지 왔다", "잘 달렸다", "나오길 잘했다"

였다. 이런 해피 엔딩의 문장들 덕분에 달리기가 더 좋아졌다. 달리면서 주고받은 농담도 이제는 유쾌한 기억으로 남아 있다.

내가 달리기를 즐기게 된 건 러닝 라이프를 시작한 지 1년이 지났을 즈음부터다. 동호회에 나가지 않고도 평일이든 주말이든 자발적으로 달리러 나갔고, 주변 사람들에게도 달리기를 전도하기 시작했다. 이때 내가 가장 좋아한 말은 "같이 운동하자", "이번 주말에 같이 달릴래?"였다. 혼자 달리는 것도 좋지만, 함께 달리면 더 좋다. 누군가 파이팅을 외쳐 주기도, 손뼉을 쳐 주기도 하니까. 때론 달리기 후에 무얼 먹을지 고민하며 먹고 싶은 음식 메뉴를 서로 외쳐 보기도 한다.

사실 '같이 운동하자'의 숨은 의미는 '같이 운동하고 맛있는 거 먹자'이다. 한여름에 한강변을 달리면서 '물냉면'을 외쳐 본 적이 있는가? 지난여름, 친구들과 10km 달리기에 도전하면서 끝나고 무얼 먹을까 고민하다가 물냉면으로 의견이 모아졌다. 가게에서 주문을 확인하고 냉면이 삶아져서 배달 기사 손에 들려 도착지에 도달할 때까지의 시간과 우리가 도착지에 가기까지 걸릴 시간을 계산해 주문을 했다. 그런데 주문을 마치고 달린 지 얼마 되지 않아 배달 기사가 음식을 픽업했다는 알림이 온 게 아닌가. 아직 달려야 할 거리가 많이 남은 우리는 당황했다. 시간 계산을 잘못한 건가, 냉면 가게가 생각보다 한가했던 건가. 그러나 계산의 오류를 따지는 건 의미가 없었다. 그때부터 쉬지 않고 빠르게 달렸다. 친구들과의 거리가 점점 멀어졌지만 그들의 속도에 맞춰 여유롭게 달리는 것은 냉면에 대한 예의가 아니었다. 전속력을 다해 달리고 있는데 이번엔 배달기사에게서 전화가 왔다. "음식 어디에 두고 가면 되나요?" 1km쯤 남았으니 5~6분 후면 냉면을 먹을 수 있을 것 같았다. 그러나 한 친구가 많이 뒤처져 있었고, 결국 처음에 예상했던 시간을 훨씬 지난 후에야 냉면을 입으로 맞이할 수 있었다. 불은 냉면이 대수인가. 여전히 시원했고 정말 맛있었다. 그해 여름에 먹은 냉면 중에 단연 최고였다. 냉면이 아니었으면 우리가 목표한 길을 끝까지 달려올 수 있었을까? 아마 중간에 걷거나 쉬거나 누군가는 포기했을지도 모른다.

이런 일도 있었다. 어느 주말에 동생 가족과 함께 한강 고수부지에서 피크닉을 즐기다가 곧 해가 질 것 같아 저녁 메뉴를 골랐다. 콩나물국밥 당첨. 콩나물국밥 가게는 약 5km 떨어진 곳에 있었다. 차도 있는데 거길 굳이 달려서 가야겠냐는 동생의 만류와 같이 차를 타고 가자는 조카의 애원에도, 3~40분 정도면 도착할 수 있을 거라 큰소리를 치고 먼저 일어났다. 이왕이면 좀 천천히 정리하고 오라는 말을 남기며.

해 질 녘의 한강을 가르는 바람은 시원했고 공복 상태라 몸도 가벼웠다. 동작대교 위를 한참 달리고 있는데 뒤에서 "이이

이이이모오오오오" 소리가 빠르게 귀를 스치고 지나갔다. 조카의 흔드는 손을 본 것 같기도 한데, 손을 흔들 겨를도 없이 차는 순식간에 멀어졌다. 나는 평소보다 더 빠르게 달리고 있었지만 멀어지는 차를 보니 쉬지 않고 움직이는 내 발이 한없이 느리게 보였다. 목적지까지의 거리를 약 3분의 1정도 남겨둔 시점에서 동생에게 전화가 걸려 왔고, 얼마 남지 않았으니 밥을 시키라고 말하고 나자 웃음이 났다. 쉬운 길을 놔두고 굳이 달려가는 내가 어이없어서. 쉬지 않고 빠르게 달린 덕분인지 내가 도착함과 동시에 바글바글 끓고 있는 콩나물국밥도 내 앞에 도착했다. 다시 한 번 생각했다. 콩나물국밥이 아니었으면 완주할 수 있었을까?

달린 후에 냉면처럼 꼭 시원한 음식을 먹지는 않는다. 숯불 위에서 구운 고기도, 그 주말처럼 뚝배기에서 좀처럼 식을 줄 모르는 콩나물국밥도 먹는다. 달린 후에 먹으면 무엇이든 맛있다. 심지어 미지근한 물도 맛있다. 음식의 종류와 칼로리는 나에게 별로 중요하지 않다. 무슨 음식이든 어떤 거리도 완주를 가능하게 할 뿐이다.

'런태기'의 또 다른 극복 방법 중 하나가 바로 음식점을 달리기 코스의 종착점으로 하는 것이다. 그동안 달리기 후에 먹었던 제주 흙돼지, 수제 햄버거, 튀긴 족발, 마늘 치킨의 맛을 기억한다(이보다 더 많은 음식들을 먹었으나 이하 생략). 그 어떤 칼로리의 음식을 먹어도 다 용서가 된다. 그리고 달린 후에 먹는 것은 살이 별로 찌지 않는다(나의 흔한 달리기 전도 멘트 중 하나). 그러니 일단 먹고 싶은 음식을 정한 후 달려 보기를 추천한다. 완주가 가져다주는 성취감과 뿌듯함을, 맛있는 음식으로 인한 포만감과 행복감을 얻을 수 있다.

귀로 하는 달리기

이어폰이나 헤드폰을 쓰고 달리는 사람들을 종종 보게 되는데, 나는 운동하면서 귀를 활짝 열어 둔다. 라디오를 듣거나 신나는 음악을 들으면 달릴 때 도움이 되는 것은 사실이다. 하지만 하루 종일 악기를 연주하고 노래를 부르고, 늘 소리에 노출이 되어 있는 직업이다 보니(음악치료사이다) 운동할 때만이라도 귀를 좀 쉬게 해 주고 싶다. 조용한 것을 좋아하는 개인적인 성향이 반영된 것일지도 모르겠다. 달리면서 마주치는 여러 소리들이 제법 듣기 좋기 때문이기도 할 테고. 그래서 나만 알고 있는, 아니 어쩌면 누구나 들었을 소리들을 이곳에 살짝 소개해 볼까 한다.

계절마다 들리는 소리가 있다. 한여름에는 얼굴 위에 잔뜩 내려앉은 땀을 식혀 주는 바람소리가 반갑다. 바람이 불 때면 풀이나 나뭇잎들이 부딪혀 내는 소리가 싱그럽기도 하다. 한번은 오랜만에 노래를 들으며 뛰고 있었는데 매미들이 울어 재끼는 소리가 어쩌나 큰지, 음악 속으로 무례하게 파고들어 왔다. 심지어 매미들은 호흡이 정말 길다(매미에게 폐가 있다면 폐활량이 어마어마할 듯). 합창이 한번 시작되면 숨 한 번 쉬지 않고, 강약 없이, 그저 한 곡조 길게 뽑아낸다.

하루는 집에서 한강 둔치까지 약 2km 정도 되는 구간을 달리는데 한강이 가까워질수록 매미들의 노랫소리가 점점 커졌다. 느리게 시작한 '맴맴맴맴'이 크레센도로 커지며 아주 빠른 '꽥꽥꽥꽥'으로 들리는 순간, 달리다가 웃어 버렸다. 여름이 막바지를 향해 가고 있음을 알리는 듯 매미들의 합창이 산책로를 가득 채우고 있었다. 예전 같았으면 시끄럽다고 불평했을 텐데, '그래, 어차피 사계절 중 유일하게 여름에만 존재감을 뽐내는 매미들의 떼창이니까'라고 생각하니 나름 괜찮게 들렸던 기억이 난다.

가을에 낙엽이 쌓인 산책로를 달리면 발밑에서 나는 바스락 소리가 재밌다. 한동안 비가 내리지 않아 바짝 말라 버린 낙엽들이 몹시 반갑다. 바람과 빗자루, 그리고 사람들의 발걸음에 채 치이지 못한 낙엽들을 밟으려고 발을 이리저리로 옮기며 온통 신경을 바닥에 집중한다. 낙엽들을 계속 밟다 보면 게임에서 연속 콤보를 올릴 때와 같은 짜릿한 기분이 든다. 깔끔하게 정돈된 트랙을 달리는 것과는 또 다른 기분이다.

물론 자연의 소리만 들리는 것은 아니다. 달리는 속도를 조금 늦추면 산책하는 사람들의 대화도 들린다. 한창 부동산이 핫이슈일 때는 동네 집값 얘기를 심심찮게 들었다. 가족끼리의 대화에서는 학원 소식, 친구 이야기, 시시콜콜한 일상들을 듣는다. 한번은 내가 읽고 있던 책의 목차를 들은 적도 있다. 큰 소리로 노래를 하는 사람도 있다. 저 아파트가…, 친구가 집을…, 자존감이…, 내 친구가 학원을…, 어제는 내가… 등 대화의 일부만으로도 주제를 쉽게 유추할 수 있는 이야기들. 대부분의 대화나 노래는 웅얼웅얼하는 소리로 들리고, 이 소리들은 서로의 소리를 침범하지 않으면서 산책로의 잔잔한 배경음악을 만들어 간다. 여기서 분명히 밝히고 싶은 것은, 사람들은 걸으며 끊임없이 이야기를 했고, 나는 일부러 엿들은 것이 아니라는 것이다.

런생아 1년 차 시절, 이어폰으로 노래를 들을 때에는 어떤 곡을 들어야 달릴 때 심심하지 않을까, 더 도움이 될까 선곡에 무척 애를 썼었다. 하지만 두 귀에 자유를 허락한 이후로 자연스레 여러 소리들을 듣다 보니 달리기가 더 즐거워졌다. 마치 누군가에게 플레이리스트를 맡겨 다음 곡이 무엇일지 궁금하고 기대가 되는 것처럼 말이다.

나를 치유하는 시간

SNS에 러닝 라이프를 공개한 후 왜 달리는지, 이렇게 힘들고 숨찬 운동을 어떻게 매일 할 수 있는지 같은 질문을 정말 많이 받았다. 대답은 간단했다. 또 입원하기 싫으니까. 그럼 달리기를 시작한 후로 '프로 입원러'의 딱지를 뗐을까? 안타깝게도 두 번이나 더 병원 신세를 져야 했다. 하지만 마지막 퇴원 후 나의 달리기는 평범한 일상이 될 정도로 내 삶에 깊이 들어왔다.

목표가 확실했기 때문일까. 퇴근 후 집에 와서 내가 하는 말은 늘 같다. "다녀왔습니다. 달리고 올게." 최근엔 차에 옷과 러닝화를 싣고 다니며 언제든지 달릴 준비를 해 둔다. 그렇게 달리다 보니, 달리기만큼 나에게 집중하기 좋은 시간이 없다는 것을 깨닫게 됐다.

나는 음악치료사이다. 타인에겐 좀처럼 관심이 없고 자신의 시간에만 몰두하는 아이, 몸이 불편해서 원하는 대로 움직일 수 없는 아이, 말이 서툰 아이, 때로는 공격성을 드러내는 아이까지, 여러 장애 아동들을 음악과 함께 매일 만나고 있다. 장애인복지관의 음악치료사로 일하며 보람찬 순간이 많다. 그러나 그렇지 않은 시간 또한 많다. 그 시간들은 홀로 견뎌 내야만 한다. 내가 원해서 시작한 일임에도 오로지 타인을 위해, 타인을 치유하는 시간으로 하루를 보내고 나면 몸과 마음이 너덜너덜 해진다. 치료실을 나서는 순간 '음악치료사 김유진'의 스위치는 off 하려고 노력하지만 정리되지 않은 힘든 감정들이 집까지 따라오는 일이 허다했다. 부정적인 생각과 감정들을 어딘가에 풀어놓아야 하는데 치료사의 직업 윤리로 인해 현장에서 있었던 일들을 누군가에게 말할 수 없었다. 치료사가 아닌 '김유진'의 스위치를 on 할 수는 없을까?

놀랍게도 달리기가 그 해답이 되어 주었다. 달리는 동안 내 두 발바닥의 어느 부분이 지면과 닿고 있는지, 발소리는 너무 크지 않은지, 지금 내 코로 어떤 냄새가 들어오고 있는지, 두 팔은 자연스럽게 움직이고 있는지, 시선은 앞을 향해 있는지, 두 눈엔 무엇이 담기고 있는지, 다른 사람들은 어떻게 달리고 있는지, 내 속도는 적당한지 등 오직 달리기에만 집중하다 보면 그날 겪었던 거친 시간들이 산책로 위로, 한강으로, 바람 속으로 밀어 내겼다. 그리고 달리면서 수집한 수많은 오감들을 기억하고 기록했다. 달리고 나서야 내가 지금, 현재 오롯이 느끼는 생각과 감정을 대면할 수 있었다. '진짜 김유진' on! 달리는 시간은 내가 나를 치유하는 시간이었다.

달리다 보면 때마침 바람이 등을 밀어 주기도 하고, 큰 힘을 들이지 않고도 두 다리가 저절로 움직일 때도 있다. 팔과 다리가 움직이는 속도에 맞춰 호흡이 편해지기도 한다. 이 정도 컨디션이라면 아무리 고된 하루를 보냈더라도 목표한 거리보다 더 달릴 수 있을 것 같은 날도 있다. 한여름 마무리 스트레칭 중에 팔과 다리에 당한 헌혈의 흔적들도 전혀 짜증나지 않는다. 달리기를 마친 후 성취감을 줄줄 흘리며 집으로 오면 비로소 그냥 김유진의 스위치가 on 되었음을 느낀다. 이 시간들이 매일 조금씩 모인다는 건, 단순히 달리기 누적 거리만 늘어나는 게 아니다. 몸도, 정신도 점차 두꺼워지고 단단해지고 있다.

달리기를 시작한 후로 남을 치유하는 시간만큼 나를 치유하고 돌보는 시간이 얼마나 소중한지 알게 되었다. 달리기의 숨은 매력을 찾게 되고, 나의 몸과 마음을 튼튼하게 할 수 있었던 것은 오감(五感)을 활용한 달리기 덕분이다.

나 자신에게 집중하고, 진짜 나를 찾는 시간을 갖고 싶다면 밖으로 나오라. 손으로 현관문을 열고 달리는 사람들을 관찰해 보는 것으로 시작해 보라. 그리고 코로 들어오는 냄새와 귀로 들리는 소리에 집중해 보고, 오늘 느꼈던 일을 누군가에게 말이나 글로, 사진으로라도 전해 보길 권한다. 오감 달리기의 시작이다.

혹시 오감 달리기의 또 다른 매력을 찾았다면 언제든 제보해
주시길(같이 달리자는 제안도 대환영).

달리기에 집중하다 보면 그날의 거친 시간들이
산책로 위로, 한강으로, 바람 속으로 밀어 내진다.

백인성

세상의소금 염산교회 전도사

매일 밤 혼자 공원 트랙을 달리는 것을 좋아한
다. 달리는 순간만큼은 다른 모든 생각에서 벗
어나 자유로워지는 느낌이다. 듣고 있는 음악
에 따라 혹은 나의 호흡과 발걸음의 리듬에 따
라 나만의 세계를 만들고서 몰입한다. 달리기
는 나를 언제나 주인공이 되게 해 준다. 틈만
나면 더 나은 기록과 실력에 대한 열망이 차오
르지만, 달리는 자체가 기쁨이었던 처음 마음
을 잃지 않으려 한다.

5

트랙은 언제나 같은 자리에 있다

달리기는 내게 ○이다

비로소 만나는

이른 아침에도 늦은 밤에도, 공원 트랙에는 항상 달리는 사람들이 보인다. 사람들은 저마다 다른 이유로 달린다. 식사 후 소화할 겸 가볍게 걷듯 뛰는 사람부터, 체중 조절 중인 사람, 체력을 기르거나 유지하려는 사람, 생각을 정리하거나 스트레스를 풀려는 사람, 속도와 거리를 비롯한 성취를 중시하는 사람, 어쩌면 달리기가 직업과 관련되는 사람까지 있을 것이다.

그런데 막상 내가 달리는 이유에 대해서는 콕 집어 말하기가 어렵다. 오랜 습관으로 굳어졌다고밖에는. 직업적 차원을 제외하고, 공원에서 이루어지는 달리기의 많은 이유들은 모두 한때 내 달리기의 이유였다. 그중에 어떤 것이라도 오늘의 달리는 이유와 관련하지 못할 것은 없다. 하지만 언제고 모든 이유의 이유가 되는, 달리다 보면 마주하는 저 밑바닥에 깔린 나만의 달리는 이유는 분명히 존재한다.

인생의 어느 시점에서부터 나는 어떤 부분으로든 특별해지고 싶은 욕구를 품어 왔다. 비교의 차원에서 남들보다 뛰어난 무언가가 있기를 바라는 마음도 없지는 않았지만, 그보다 근본적으로 남들이 나를 볼 때, 그리고 내가 나 자신을 볼 때 특이점을 발견할 수 있는 어떤 고유한 영역, 자기만의 세계를 가질 수 있기를 원해 왔다.

이러한 욕구는 좌절로부터 자라났다. 어린아이들이 놀고 있는 모습을 가만히 지켜보면, 놀이의 내용이 시시각각 변하는 것을 볼 수 있다. 어떤 놀이가 되었건, 잘하는 아이가 있는 동시에 그렇지 못한 아이가 있다. 그러다 보니 어느 정도 시간이 지나면 시무룩해진 한 아이가 툴툴대며 입을 연다. "이제 딴 거 하자." 나에게 달리기를 비롯한 대부분의 몸을 쓰는 활동들은 다 그런 '지나갔으면 하는' 것들이었다.

내 어린 시절의 달리기는 늘 어설펐다. 나는 작고, 약하고, 느린 아이였다. 항상 나보다 더 잘 달리는 친구가 있었고, 뒤처지는 경험은 나를 위축되게 만들었다. 운동회 주자는 꿈도 꿀 수 없었고, 달리기뿐 아니라 다른 운동, 심지어 놀이에서도 늘 못하는 사람으로 여겨졌다.

일례로 수건돌리기를 떠올리곤 한다. 등 뒤로 수건이 떨어지면 나는 벌떡 일어섰다. 하지만 친구는 우쭐대고서도 나를 따돌릴 만큼 빨랐다. 내가 술래가 되는 건 필연적 결과였다. 함께한 아이들에게 나는 손쉬운 대상이 되었고, 벌칙을 피할 수 없었다. 그저, 그 시간을 견디며 끝나기만을 기다렸다.

달리기는 나에게 열등감이었다. 내가 어찌 해볼 수 없는 아득한, 나의 능력 밖의 무언가. 내가 아무리 노력하더라도 힘들이지 않고 나를 앞질러 갈 수 있는 친구들이 줄을 섰다는 생각이 들게 만들고, 또 실제로 그러함을 자비 없이 보여 준 달리기는 나에게 좌절감을 안겨 주는 썩 기분 좋지 않은 '상황'이었다. 하지만 괜찮았다. 가능한 한 피할 수 있었고, 혹 그렇지 못할 경우에는 조금 기다리면 될 일이었다. 육체적 능력이 아니더라도 나 자신을 썩 좋아할 수 있는 나만의 다른 지점들을 찾아내는 일도 그리 어렵지 않았다. 그런데 도저히 피하지도, 부정하지도 못하고서 '약한' 나를 대면하고 살아내야만 하는 때가 찾아왔다.

육체적 격변이 일어나는 시기의 아이들을 모아 놓았던 남자중학교는 혼란스럽고 거칠었다. 신체적 능력이 권력이 되고 일종의 위계를 형성하는 분위기 속에서, 상대적으로 연약한 이들은 설 자리가 없었다. 작고, 약하고, 느렸던 나는 한순간에 친구들의 눈치를 보고, 폭압적 태도를 보이는 아이들의 괴롭힘의 대상이 되지 않으려 수그리고 지내야 했다.

슬프게도 언젠가부터 나를 괴롭히는 친구들이 생겨났다. 괴롭힘이 막 시작되었을 무렵에는 상대를 향해 분노하고, 어떻게 하면 당면한 상황을 해결할 수 있을지를 고민했다. 하지만 매일같이 나의 무력함을 마주하면서, 또 뻔히 모든 상황을 알고 있으면서도 외면하거나 오히려 동조했던 반 친구들이 형성한 관계의 구조 속에서 서서히 화살이 나 자신에게로 향했다. 나에게 어떤 문제가 있는 건 아닌지 고민했다. 원인을 나에게서 찾으려 했고, 그럴수록 약한 나 자신을 원망하게 되었다.

스스로를 미워하게 되는 늪에서 헤어 나오기까지 참 힘이 들었다. 약하고 보잘것없는 존재로서의 자신을 받아들이기 힘들었던 나는 자존감을 지켜 낼 영역을 찾아내야 했다. 하지만 무엇 하나 특별히 돋보이는 것 없는 나를 마주할 뿐이었다. 단 하나 가능해 보이는 영역이 공부였는데, 이는 노력한다 해서 당장에 흡족한 성과를 거둘 수는 없어 후일을 기약해야 했다.

고등학교에 들어갔을 때, 기회가 찾아왔다. 남자다움, 육체적 강함을 서로 내보여야만 했던 구조로부터 분리되어 다른 기준으로 사랑받고 인정받을 수 있었다. 어느 정도 우쭐할 성적을 가지고 새로운 관계를 형성해 갈 수 있었고, 나름 '공부 잘하는 아이'라는 정체성으로 나의 모습과 앞으로의 길이 세워져 가는 듯 보였다. 그런데 이전에는 알지 못했던 세계가 펼쳐졌다. 성적순으로 따로 구분된 아이들과 모여 생활하게 되자 그 가운데에서는 또다시 나 자신이 평범하고, 보잘것없게 여겨졌다. 반 일등이 있으면 전교 일등이 있었고, 다른 학교 일등이 있고, 그 너머로 시나 도, 전국 단위가 이어졌다.

도무지 끝이 보이지 않는 레이스에서 철학책을 도피처로 삼았다. 성적으로 특별함을 얻는 일이 끝이 없고 소모적이라면, 성적과 관련한 모든 시스템 자체를 답답하고 고루하게 여기는 것으로 위안을 얻고자 했다. 그렇게 다른 이들과 달리 암기와 반복의 차원을 넘어 어떤 심오한 영역을 추구하는 사람, 입시 제도에 담길 수 없는 사람으로 여겨졌으면 했다. 이름도 어려운 저자의 두꺼운 철학책을 들고서 여러 번 읽어도 난해한 번역체 문장을 소화하느라 인상을 쓰고 앉아 있으면, 또래 친구에게서 비웃음 혹은 동경을 받았다. 설령 비웃음이래도 상관없었다. 나는 다른 가치를 추구하고, 이미 다른 트랙에 서 있다 여겼기에. 어떤 반응이래도 '다름의 간격'을 내게 확증해 줄 뿐이었다.

하지만 대학교에 들어가자 단번에 깨달았다. 철학은 나만의 특이점을 마련하고자 했던 일종의 투정에 불과했다는 것을. 교수님과 함께 철학책을 읽으며 생각을 나누던 모임에서 나는 철학을 좋아했을 뿐 사유의 깊이와 통찰에 있어서 두드러진 재능을 가진 것은 아니라는 사실을 발견했다. 또한 철학에 자신의 진로를 두고 열정을 쏟아 온 이들 앞에서, 나는 그들만큼 철학을 '특별히' 사랑하는 사람이 아닌 것을 느낄 수 있었다. 이후 문학에도 관심을 두며 한동안 몰두했지만 마찬가지로 비슷한 경험을 반복했다.

달리기 역시, '특별한 나'에 목마른 나에게 '고유함'을 채워 줄 일종의 가능성으로서 우연히 발견되었다. 그동안 내 신체적 능력과 달리기는 나에게 좌절감과 열등감을 줄 뿐이었는데, 군대에서 발견하고 재미를 붙이게 된 '오래달리기'는 여느 운동들과는 성격이 달랐다. 달리는 사람의 수준에 따라 전혀 다른 이야기가 되겠지만, 입문하는 입장에서 보면 오래달리기는 타고난 근력과 민첩함, 센스의 영역보다는 끈기, 평정심, 꾸준함과 같은 부분이 중요하게 작용하는 듯했다. 제아무리 순간적인 달리기가 빠르고 몸이 좋은 사람들도 일정 거리를 넘어서면 어느새 나가떨어지곤 했다. 놀라울 따름이었다.

꾸준히 달리는 가운데 몸이 단련되고, 기록도 새로워졌다. 주변에서 만나는 대다수의 사람들은 애초에 오래달리기에 관심이 없었기에 비교적 쉽게 나의 성취를 인정하고 격려해 주었다. 사춘기 시절에 가졌던 육체적 능력에 대한 열등감이나 경쟁에 대한 강박이 낳은 상처들이 달리기를 통해 아물어 감을 느꼈다. 어느덧 달리기는 나에게 특별함을 선물해 주는 것 이상으로 의미를 가지는 내 소중한 일부가 되었다. 달리기를 하는 동안 온전히 나에게 몰입할 수 있었고, 명상과 상상 가운데 존재의 다채로운 변화를 이룰 수 있었다.

애정이 커지는 만큼, 욕심도 커져 갔다. 달리기와 관련해 더 잘 알고 싶고, 더 잘 달리고 싶었다. 달리기를 통해 달라지는 나를 만날 때의 그 만족감과 기대감을 계속해서 누릴 수 있기를 바랐다. 그런데 이번에도 어느 순간 벽을 만났다. 좋은 성적을 위해 애쓰고, 철학과 문학에 몰두하다가 다다랐던 벽이 역시 오래달리기에도 존재함을 느끼게 되는 시점이 찾아온 것이다.

달리다 보면, 나를 있는 그대로 마주하게 된다. 너무나도 투명하게, 숨김없이 나 자신을 보게 된다. 달리기는 그 자체로 고되다. 여러 즐거움이 따르지만, 분명 인내하고 버텨야 하는 부분이 있는 운동이기에 그 어느 누구도 강제하지 않는 상황에서 내가 달리기를 지속하는 이유는 명확할 수밖에 없었다. 그리고 당장의 거친 호흡과 부서질 듯한 다리를 이끌고서 사투를 벌이는 나에게, 그 이유라는 것은 고상하게 포장된 의미로 다가올 수 있는 것이 아니었다. 달리는 동안만큼은 나만의 '고유함', '특별함'을 찾고 붙들고자 몸부림치는 나를 온전히 만날 수 있었다. 때론 그 모습이 초라해 연민을 느끼기도 하고, 또 한편으로는 스스로를 응원하는 마음이나 고양감이 들 때도 있었다. 오롯이 나에게 집중하는 과정에서 결국 나는 스스로를 받아들이고 사랑하고자 애쓰는 나를 느낄 수 있었다.

하지만 달리며 만나게 된 나를 인정하고 받아들이는 일은 낯설고 시간이 필요했다. 나는 다소 서툴게 '달리는 나'라는 또 다른 나의 모습을 사랑했다. '잘 달리는 나'를 우연히 찾았고, 그로 인해 기쁨을 누려 왔지만, 더욱 잘 달릴수록 사랑할 만하다 여겼다. 그렇지만 오기로, 인내로 모든 것이 향상되기를 기대할 수는 없는 일이었다. 내가 달리기에 들일 수 있는 노력과 일정 수준 너머에 다다를 수 있을 신체적 능력에는 한계가 있었다. 알면서도 인정하기 싫었다. 오래달리기 역시 점차 빛이 바래어 내게서 멀어지고 마는 것은 아닐지 두려웠다. 그렇게 또다시 '특별한 나'를 잃을까 두려웠다. 사실은 결국 달리기로부터도 '특별하지 않은 나'를 한 번 더 발견하게 될까 두려웠다.

부상은 어느 날 갑자기 찾아왔다. 사실 어느 정도는 예견된 일이었다. 무수한 달림과 멈춤 사이에서, 내가 감당할 수 있는 거리와 속도 정도는 이미 알고 있었다. 그럼에도 나 자신을 몰아쳤다. 더는 남은 체력이 없고, 모든 균형이 깨지고 있다는 신호들이 발목으로부터 서서히 올라왔지만 멈추기 싫었다. 아직 숨이 일정하다며, 다리는 어떻게든 따라올 수 있다며 이를 악물었다.

더 나은 기록을 얻고 싶었다. 다른 이들은 쉽게 얻을 수 없는 특별함을 갖기 원했다. 더 많은 이들로부터 인정받고 싶었다. 그래서 달리기를 통해 알고 누리게 된 나만의 박동과 궤도를 놓아 버리는 순간이 영영 오지 않거나, 유보되었으면 했다.

이전과 같이 체념으로 귀결되지 않고, 계속해서 새로운 역동과 의미가 이어지기를 바랐다.

무리한 이후 다리가 무거워졌다. 점차 달릴 수 있는 거리와 속도가 줄어 갔다. 예전과 같지 않다는 것, 아프다는 것을 인정하지 않을 수가 없었다. 결국 휴식의 시간을 가져야 했다.

마치 기나긴 장마의 시간을 맞은 듯했다. 잠시 비가 그친 찰나를 노리며 창가에 서 있듯, 매일 아침 조심스레 발을 어루만졌다. 조금이라도 나아진 것 같으면 설레는 마음에 밖으로 나가 뛰었고, 이내 맞이하는 고통에 좌절했다. 몸의 애타는 호소를 거절한 대가는 혹독했다. 한번 얼어붙은 발목은 부서지면 부서졌지 부드럽게 녹아들 생각이 없어 보였다. 조급해져 갔다. 다시 이전으로 돌아가지 못할 수도 있다는 두려움이 생겼고, 아쉽고 서러웠다.

기록에 대한 열망을 한 수 접어 두고서도, 늦은 밤 사람들이 빠져나가기 시작하는 공원 트랙에 들어설 때마다 새로운 기대감을 가졌다. 오늘은 어떤 달리기를 할지, 천천히 멀리 달릴지, 빠르고 힘 있게 달릴지, 그저 마음 가는 대로 자유롭게 달릴지. 그날의 온도와 습기, 트랙을 뛰는 사람의 숫자와 나의 상태를 가늠하며 걷다가, 점차 속도를 붙여 가며 마음을 정했다. 그리고 열리는 나만의 특별한 시간. 그 중심을 끌어가는 나의 심장 박동이 모험을 알리는 북소리가 되어 울릴 때, 나는 하늘을 가로지르는 자유로운 한 마리 새가 되기도 하고, 사냥에 나선 맹수가 되기도 하며, 거센 전장의 영웅이 되기도, 험악한 조류를 뚫는 선장이 되기도 했다. 몰입해 갈수록 자유롭고, 살아나는 듯했다. 다른 이들에게 말로 설명하기 어려운 무언가를 누림이 내게 기쁨으로 다가왔다. 더욱더 강하고 깊이, 그 순간에 녹아들고 싶었다.

하지만 통증은 그런 나를 현실로 끌어와 이제 그만 몸을 던지지 말라고, 닫힌 벽에 부딪혀 부서지는 육체만이 있을 뿐 그 누구도 관심하지 않는 세계를 붙들고서 어리광부리지 말라 꾸짖었다. 몰입했던 세계가 희미해지면, 홀딱 젖어 힘없이 헐떡이는 연약하고 초라한 나만이 홀로 서 있었다. 허탈함, 상실감을 안은 채 트랙을 맴돌았다.

특별함으로부터 추방당한 듯 여기던 나는 그동안 눈에 들어오지 않았던, 일종의 풍경으로 여겨졌던 주변 사람들로부터 위안과 의미를 찾고자 했다. 일정한 속도로 달리는 내 곁에 붙어 뛰는 사람이 있거나, 반대로 자신만의 리듬을 안정적으로 유지하는 사람이 있으면 나란히 뛰었다. 그러다 시간이 흘러 함께 뛰던 이의, 혹은 먼저 앞으로 치고 나갔던 이의 걸음이 느려지면 보란 듯 속도를 올리는 것에서 승리감을 만끽했다. 내가 쌓아 온 시간과 노력을 누군가가 알아봐 주고, 인정해 주었으면 했다. 누군가는 나로 인해 부러움을 가지고 패배감을 맛보았으면 했다. 아니면, '특별하지 않음'을 곱씹으며 고독히 방황하며 감내하는 이 고통을 누군가는 알아보고 안타까워하면서도, 포기하지 않고 지속하는 것 자체로 이미 특별하다며 환호를 보내 주기 바랐다.

하지만 사실 알고 있었다. 나의 목마름은 그런 식으로 해결될 수 없다는 것을. 결국 철저히 고독한 나와의 싸움이었다. 나는 나의 환상을 보며 뛰었고, 나의 시선은 언제나 저 멀리 찬란한 어딘가를 향했다. 고통만이 오직 그 사실을 나에게 알리며 애써 내 곁을 지켰다.

그럼에도, 달려왔다. 트랙은 언제나 같은 자리에 있고, 나는 늘 여름철 조명등 아래 나방과 같이 그 자리에 홀린 듯 들어온다. 그리고 온몸을 부딪쳐 달리다 힘이 다한다. 지쳐 멈추어 선 나를 앞질러 또 다른 누군가가 새로이 트랙을 달린다. 이렇게 달리고 멈추기를 반복하는 모습이 마치 조금이나마 더 육지에 가까이 닿으려다 부스러지고 마는 파도 조각만 같다. 기를 쓰며 부서질 듯한 걸음을 이 악물고 앞으로 밀어 내어 온 나의 달리기는, 서러움만을 안고서 매번 다시금 밀려 나간다.

그럼에도, 여전히 달리고 있다. 하지만 이제는 더 이상 '달리는 나'에게서 어떤 특별함을 찾으려 골몰하지 않으려 한다. 달리는 사람, '잘 달리는 사람'으로서의 나도, 몰입해 보고자 하던 세계도, 다른 이들과의 비교도 내려놓아 본다. 그 대신에 연약하지만 달리고 있는 나를 그대로, 소중히 바라보려 한다. 사실은, 지금까지의 내 삶의 모든 과정이 코스와 주법만 달랐을 뿐 일종의 오랜 달리기였다. 그리고 그 많은 저마다의 달리기 가운데 '비로소 만나게 되는' 진정 특별한 내가 있다.

달리다 보면, 빙빙 도는 트랙 안에 점철되어 있는 무수한 달리기의 순간들을 마주한다. 학창 시절, 쉬는 시간 종이 울리자마자 괴롭힘을 피해 도서관으로 향했던 달리기, 시험 등수가 게시판에 붙을 때면 기대 반 두려움 반으로 복도로 향했던 달리기, 갑작스런 아버지의 죽음이 황망해 쓰러지기까지 멈추지 않았던 달리기, 반복되는 일상 가운데 번민하며 다 털어 내기 위해 했던 달리기…. 그 밖에도 어제와 오늘에 이르기까지 무수히 달려온 매일의 수많은 내가, 여전히 같은 자리에서 달리고 있음을 본다. 그러면 나는 차마 그들이 홀로 달리도록 두질 못한다. 함께 달리고, 이야기를 나누고, 그 순간에 빠져든다. 아니, 어쩌면 그들이 나를 홀로 달리도록 내버리지 않고서, 함께 오늘의 달리기를 이룰 수 있게 하는지도 모른다.

그 모든 순간과 감정에 감사한다. 비로소 만나게 되는 이 만남이 나를 달리게 한다.

스쳐 지나가는

돌이켜 보면, 나는 결정적인 선택의 순간마다 자꾸 다음을 기약하고 마음을 접어 버리곤 했다. 분명 게을러서는 아니었다. 그보다는, 어느 것이든 하나를 선택함으로써 훗날 내가 가질 선택지가 줄어들게 되는 것을 피하고 싶은 마음이 컸다. '오늘', '지금 이 순간'을 그냥 넘어가는 것 자체가 이미 돌이킬 수 없는 하나의 선택을 치른 것임을 모르지 않으면서도 말이다. 용기가 없다 여겨질 수도 있다. 하지만 분명한 건, 나는 내 삶을 사랑하면서 내가 할 수 있는 최선을 다해 왔다는 사실이다. 흘려보낸 지난 '오늘'은 나의 '내일'을 위한 것이었다.

그런데 가끔은, 나의 '내일'이 너무 아득하게 느껴지거나 희미해질 때가 있다. 그러면 끝내 잡히지 않을 신기루를 바라보느라 소중한 것을 놓치고 있는 것은 아닌가 싶어 문득 두렵다. 내가 잘 가고 있는지, 지난날의 나에게 미안하지 않을 만한 오늘을 살아가고 있는지 자신이 없어지기도 한다. 그렇다고 가던 길을 멈추고서 이미 지난 아쉬움들을 하나하나 헤집을 엄두는 내지 못한다. 그동안 포기하고 유보하며 살아온 것을 후회한다고 인정해 버리면 정말로 내가 초라해지게 될 것 같아서다. 그래서 이 흔들리는 감정들 역시 둘러메고서 가던 길을 지속해 갈 수밖에 없었다.

하지만 이런 내게도 마음을 달랠 어느 숨 쉴 구석 한편은 필요했다. 달리기는 지금껏 내게 쉼이자 위로가 되어 주었다. 달리기는 그리 많은 조건을 필요로 하지 않는다. 웬만한 상황이면, 언제 어디서든 첫발을 떼기만 하면 된다. 쉽고, 상대방이나 팀이 필요한 것도 아니라 마음만 먹으면 시작할 수 있다. 나만을 위한 시간을 가질 수 있다는 것도 큰 장점이다. 특히, 밤에 홀로 야외 공원을 달리면 온 세상이 나라는 존재로 꽉 채워진다. 나의 고민과 감정들, 숨소리와 심장 박동, 땀, 근육통, 흘러내리는 안경, 그 밖의 모든 것들로.

혼자 달리는 것이 고독할 때도 물론 있다. 뛰다 보면 러닝크루들이 모여 이야기를 나누고, 함께 뛰는 것을 본다. 서로 붙들어 주고, 의지하고, 배우는 것도 있어 보인다. 나도 한번 끼어 볼까 진지하게 고민하다가도, 그래도 달리기는 나에게 있어 무엇보다 나만의 고유한, 침해받지 않는 시간의 의미가 크기에 그저 멀찍이 바라본다. 달리는 시간마저 관계와 일정에 둘러싸이고 싶지 않다. 어쨌건 뛰는 동안에는 트랙 위에서 함께 뛰고 있는 사람들 사이에 속해 있으니 그걸로 되었다 여겼다.

그러던 나의 곁으로 어느 한 사람이 스쳐 지나갔다.

가볍게 뛰어야 하는 날이었다. 전날 오랜 시간을 강도 높게 뛰었기에 지친 다리를 살짝만 풀어 줄 생각이었다. 달리기에도 '내일'은 있어서, 무작정 모든 것을 다 쏟아붓는 식의 무리한 달리기는 다음 날, 혹은 한동안 달리지 못하는 결과를 불러오고 만다. 그것조차 감내하고서 질주할 때의 기쁨도 이루 말할 수 없지만, 그 기쁨만을 생각할 수는 없다. 당면한 '오늘'에다 내던질 것인지, 찾아올 '내일'을 위해 남겨 둘 것인지를 선택해야 하는 문제는 달리는 중에도 늘 찾아온다. 보통은 '경험'이라는 이름의 관성이 나를 평소의 궤도로부터 이탈하지 않도록 붙들어 맨다. 그래도 나름의 동기부여는 필요해서 주변을 유심히 둘러본다. '나' 대신 누군가에 맞추어 달리기 위해서다.

그날 역시 적절한 누군가를 눈으로 찾으며 가볍게 달렸다. 한 여성분이 눈에 들어왔다. 평상시 접하는 여성분들에 비해 상당히 빠른 속도였다. 호기심에 주변을 맴돌며 달려 보았다. 다른 적당한 사람을 찾는 동안에만 잠시 함께 뛸 생각이었다. 이 정도 속도면 대략 몇 바퀴 지나지 않아 멈추겠거니 싶었다.

그런데 어느새 스마트워치에서 달리기 시작한 지 3km가 지났음을 알리는 진동이 울렸다. 놀라움을 안고서 그녀에게 관심을 가지게 되었다. 사실 처음에 그리 신경을 쓰지 않았던 이유는 복장과 자세 때문이었다. 보통 잘 달리는 사람, 일정한 경지에 오른 사람은 그 특유의 모습이 있다. 달리기에 특화된 신발을 신고, 러너용 시계와 함께 몸에 붙는 얇은 스포츠웨어를 입는다. 여성의 경우, 머리를 포니테일로 묶고 뛰는 경우가 많다. 그런데 함께 뛰고 있는 그녀는 그런 모습에 전혀 해당하지 않았다. 쿠션이 적은 스니커즈에 비교적 두꺼운 외투를 입은 채 손에 든 핸드폰을 가끔 들여다보기도 하면서, 묶지 않은 긴 머리를 휘날리며 달렸다.

신기한 마음에 그녀의 옆을 지키며 달렸다. 혹여나 나로 인해 흐름이 끊기거나 힘이 빠지지 않도록, 부디 신경을 거스르는 존재가 되지 않길 바라며 살짝 뒤편에서 머물렀다. 만약 그녀가 달리는 동안 나를 의지하고자 한다면 나의 리듬과 호흡이 도움이 되기를 바랐다. 그런데 점차 그녀의 발걸음이 무거워지는 것이 보이고, 속도도 불안정해졌다. 이내 곧 멈출 듯 보였다.

조금만 더 달리면 5km인데… 하는 아쉬움이 들면서 고개를 내리는데 바로 5km를 지났음을 알리는 시계 진동이 울렸다. 다시 놀라움으로 그녀를 바라보게 되었다. 사실 내 입장에서는 더 이상 달릴 이유가 없었다. 아니, 이 정도 달렸으면 가벼운 달리기로서는 충분하다 못해 과하다 싶었다. 그녀의 달리기도 곧 마무리가 될 거라 예상했다. 그런데 이게 무슨 일인가. 놀랍게도 그녀가 오히려 속도를 점차 올리기 시작하는 게 아닌가. 예상치 못한 상황에 당황스러우면서도 왠지 모르게 기쁨이 차올랐다. 지금껏 경험해 보지 못한 일이었다. 일면식도 없는 이의 레이스 목표를 혼자 구상하기 시작했다. 함께 10km를 달린다면? 혹시 그보다 좀 더 달릴 수도 있을까? 나의 '내일'은 온데간데없어졌다. 휴식은 무슨. 그게 문제가 아니었다.

그녀에 대해 아는 건 아무것도 없었다. 한마디 대화도 나누어 보지 않았고, 어둠 속인 데다 긴 머리와 마스크로 인해 얼굴도 잘 보이지 않았지만, 상당한 시간을 나란히 달리는 가운데 왠지 오랜 시간 함께한 기분이 들고 호감이 생겼다. 처음으로 누군가와 함께 달리는 것도 좋다는 생각을 했고, 이 달리기가 끝나면 수고했다는 말과 함께 달리기 친구가 되어 줄 수 있을지 묻고 싶은 마음이 들었다. 늦은 밤, 어디에선가 나타나 긴 머리를 휘날리며 달리고 있는 그녀는 신비롭고, 매력적이었다.

하지만 그녀와의 달리기는 시작이 그랬듯 그 마침도 전혀 예상치 못하게 흘러갔다. 8km 정도 지났을 때쯤, 그녀가 갑자기 질주하기 시작했다. 갑작스런 질주는 아주 특이한 경우가 아닌 이상은 달리기의 종결을 의미한다. 그녀의 신비에 취해 언제까지고 달리기가 계속될 줄로만 여겼던 나는 달려 나가는 그녀를 그저 바라볼 뿐이었다. 그러다 이 달리기의 마무리를 어떻게 맺으면 좋을지 고민하기 시작했다. 그녀를 멀리 보내고만 있을 수는 없어서 함께 속도를 내면서도, 몇 초 동안 여러 생각에 휩싸였다.

세 가지 선택지가 있었다. 첫째로, 그녀를 따라잡아 그녀 옆에서 끝까지 달리는 것이었다. 그런데 뭔가 그렇게 하기에는 혹여나 달리기 승부에 집착하는 사람으로 여겨질 것 같았다. 둘째로는 어느 정도의 속도로 따라 달리되 그녀가 멈추면 그녀 뒤에서 자연스레 멈추는 것이었다. 그런데 이것 역시 그녀 입장에서는 웬 모르는 남자가 늦은 밤에 수십 분을 옆에서 같이 달리더니 끝까지 따라온다는 것으로 오해할 수 있을 것 같았다. 마지막으로는 그녀의 뒤에서 적당히 뛰다가 그녀가 멈추면, 그녀를 두고 한 바퀴 정도 더 달린 후에 걷고 있거나 몸을 풀고 있을 그녀에게 다가가는 것이었다. 적지 않은 거리를 뛰고 마지막을 질주로 마무리했기에 당연히 몸을 풀어 주는 시간을 가지리라 생각했다.

그녀에게 본의 아니게 불편함이나 오해할 만한 지점을 주지 않으려면 그나마 마지막 선택지가 가장 자연스럽게 여겨졌다. 너무 드러나지도 않으면서, 가장 '말이 될' 듯했다. 어떻게 그녀에게 말을 걸면 좋을지 생각하면서, 달리다 멈춘 그녀를 지나쳐 한 바퀴 정도 더 트랙을 돌았다.

그런데 한 바퀴를 도는 동안 그녀가 사라졌다. 당연히 좀 더 걷거나 혹은 구석으로 빠져서 스트레칭을 하며 몸을 풀리라 생각했는데, 아무리 찾아도 그녀가 보이지 않았다. 허탈한 마음에 계속해서 트랙을 돌며 살피고 또 살폈다. 혹시나 다시 달리기 시작한 건 아닌지 고개를 이리저리 돌려 보기도 했다. 그저 구색을 맞추려 형식적으로 돌았던 트랙 한 바퀴, 그 몇 분 사이에 그녀는 그만 어디론가 사라지고 말았다.

늘 이런 식이었다. 다 지나간 일들이지만 돌이켜 보면 늘 이랬다. 대학교 1학년 가을, 내년에 군대 갈 것을 생각하고서 첫사랑에게 마음 한번 제대로 표현하지 못했다. 복학하고 나서는 훗날을 위해 학점에 매달리며 남들 다 해 보는 방황이나 휴학 한번 해 보지 못했다. 직장에서도 당면한 '오늘'에 모든 힘과 마음을 쏟기보다는 또 다른 '내일'을 준비하며, 자꾸 나중을 기약한다. 스스로를 온전히 내던져 전력 질주하지 못함에 대한 아쉬움을 잘 알면서도, 항상 너머 너머에 끝없이 서 있는 '내일'을 생각하기에 바빴다. 그 내일을 막상 어찌하지는 못하고서 막연한 상실감에 애달파했다. 가끔은 내가 생각한 '내일'이 오지 않을 수도 있다는 사실이, 결국 그렇게 그녀도 놓쳐 버리고 말았다는 사실이, 나를 아프게 했다.

그저 신기한, 놀라운, 그리고 아쉬운 경험이었거니 했는데, 계속해서 그 실루엣이 아른거렸다. 지나치지 말았어야 했다는 때늦은 후회를 안고서 다음 날 일과 시간을 보내고, 밤을 기다렸다. 다시 같은 시간에 달리고 있으면, 그녀를 알아볼 수 있을 거라 생각했다. 그리고 꼭 놓치지 않으리라 생각했다. 그런데 하필이면 그날 밤 약속이 잡히고, 다음 날 밤도 업무가 길어져 달리러 나가지 못하게 되어 버렸다. 애가 타고 안타까웠다. 그럴 리는 없겠지만, 정말 만에 하나라도, 그녀 역시 그날의 달리기가 의미를 가져서 혹여나 나를 다시 만날까 싶어 같은 시간에 나온다면, 그러면 어찌하나 하는 마음에 발을 굴렀다.

그날 이후 사흘이 지나고 나서야 달리러 나갔다. 상당한 시간을 뛰면서 그녀가 혹시 왔다면 보아 주기를 바랐다. 그녀가 뛰고 있기를, 아니면 뛰기 시작하기를 바랐다. 하지만 그녀는 보이지 않았다.

그날 이후 그녀를 볼 수 없었다. 그날의, 머리칼을 휘날리며 지칠 줄 모르고 달렸던 그녀를 찾았는데, 도무지 보이지가 않았다. 비슷한 운동화와 운동복, 두꺼운 외투와 긴 머리의 수많은 사람들이 트랙을 걷고 있었지만, 나는 그들에게서 사흘 전 그녀를 찾아낼 수가 없었다.

말 한마디 나누지 않았지만 달리는 동안 나는 그녀를 아는 것처럼 느꼈고, 다시 만날 수 있음을 의심하지 않았다. 하지만 내가 기억하는 그녀의 달리는 모습, 자세, 속도, 그 밖에 내 가슴을 뛰게 했던 그 모든 것들은 어둠 속, 달리는 동안에 한해서 의미를 가졌음을 깨달았다.

그날 앞질러 멈추든지, 뒤쫓든지 했어야 했다. 가로질러서라도 그녀와 마주 섰어야 했다. 철수와 영희는 여느 수학 문제처럼 서로 다른 속도와 방향으로 운동장을 뛰는 본인들이 몇 분 만에 어디서 만날지를 계산하고 있을 것이 아니라, 진정 만나고자 한다면 결단을 내려야 옳았다. 인생은 책과 달라서 철수가 영희에게 닿기까지 영희가 계속 달리고 있을지, 아니면 중간에 집으로 가 버릴지 모르기에. 선택은 피할 수 없고, 생각해 둔 '내일'은 올지 안 올지 알 수 없지만 선택에 따른 결과만큼은 확실하게 찾아오기에.

아쉬움은 있어도 유감은 없다. 그런데 한 가지가 자꾸 마음에 걸린다. 어쩌면 그녀는 삼 일 후 그 자리에, 그리고 이후의 날들에도 동일한 시간, 동일한 트랙에 있었을지 모른다는 것이다. 다시 말해, 더는 그녀가 내 달리기를 멈출 만큼의, 혹은 달리러 공원에 나오는 내 목적과 흐름 자체를 뒤흔들어 놓을 만큼의 의미로 다가오지 못하는 것은 아닐까 하는 것. 분명 그날 하루만큼은 휴식의 취지로 달린다는 나의 흐름을 깨 버릴 정도로 그녀가 나에게 새롭고 강렬하게 다가왔다. 하지만 시간이 지나 그녀와 상관없는 '내일'들이 또다시 새롭게 생겨나고, '오늘'과 '내일' 사이에 누리는 작은 쉼으로서 어둔 밤 홀로 달리기를 사랑하며 즐기고 있는 나에게, 그녀를 다시 찾아서 또 다른 '오늘'과 '내일'의 기로에 서게 된다는 상황 자체가 어느새 부담이 되어 버리고 말았다면, 나는 그것을 어떻게 받아들여야 할까.

결국 달리다 스쳐 지나갈 뿐일 것이기에, 마음 놓고 기뻐하고 열망하고 아쉬움에 잠길 수 있었던 것은 아닐지. 뜨고 지는 해와 달을 기뻐하고 슬퍼하나, 내게 진실로 소중했던 것은 다른 그 어떤 무엇보다도 함께 닿고 멀어짐을 반복하는 가운데 끊어지지 않았던 궤도 안에서의 역동이 아니었을지.

여느 별똥별과 같이 자신의 궤도를 벗어나 존재를 불사르며 누군가에게로 다가가는 것도, 또 누군가가 나에게 그렇게 다가오는 것도 저 멀리 소원을 비는 일만큼이나 아득한 밤하늘 아래에서, 나는 오늘도 어딘가를 향해, 무언가를 향해 달리고 있다.

그렇게 누군가를 맞이하고 떠나보내면서, 스쳐 지나가는 발걸음과 온기 사이에서 나는 오롯이 홀로 있으면서도 외롭지 않다.

김승

마케터, 작가

신세계건설 <빌리브 매거진>, 온라인 문화
웹진 <인디포스트> 등에 영화 관련 글을 썼
다. 영화 속 달리는 이들을 보면, 내가 뛰기라
도 한 듯 숨을 고른다. 좋아하는 건 영화, 여
행, 음악, 문학, 음식 등 뛰지 않아도 가능한 것
들. 숨만 쉬어도 살이 찌는 체질로 안 해 본 다
이어트가 없지만, 달리기는 시도하지 않는다.
최근에 발레를 시작했으며, 이 책이 중쇄에 성
공하면 매일 달릴 예정.

『나만 이러고 사는 건 아니겠지』(꿈꾸는인생,
2020)

6

또든 영화가
달리고 있다

달리기와 〇이 비슷하다고 믿어 본다

얼굴에는 달리기가 없지만, 영화에는 달리기가 있다

"너는 얼굴에 달리기가 없다."

살면서 심심찮게 들어 온 말이다. 그 누구도 내가 달리기와 친할 거라고 기대하지 않는다. 달리기를 주제로 이야기하며 서로에게 의례적으로 뛰는 걸 좋아하는지 물을 때도, 내게는 그런 질문이 오지 않는다. 관상을 볼 줄 모르는 이도 내 얼굴에 달리기가 없다는 것쯤은 단숨에 포착할 만큼, 내 인상은 달리기와 거리가 멀다. 실제로도 달리기에 별 관심이 없다고 고백할 때면, 대부분은 예상했다는 듯이 고개를 끄덕인다.

달리기와 거리가 먼 삶을 살아왔지만, 이 글은 달리기에 대한 글이다. 내 얼굴에는 달리기가 없지만, 영화에는 달리기가 있기 때문이다. 2018년 6월부터 온라인 문화 웹진 〈인디포스트〉에 영화를 소재로 글을 연재 중이다. 매번 영화를 볼 때마다 생각한다. 대부분의 영화는 달리고 있다고. 서로 전혀 관련 없는 영화도 '달리기'로 묶어서 설명하면 말이 될 만큼, 영화에 등장하는 많은 이들이 뛰고 있다. 흑백의 무성영화부터 아이

맥스 영화까지, 시대와 장르에 상관없이 대부분의 영화에 달리는 장면이 등장한다. 영화는 삶을 보여 주는 매체이고, 삶에서 달리는 순간은 존재할 수밖에 없으니까.

"영화를 사랑하는 첫 번째 방법은 같은 영화를 두 번 보는 것이고, 두 번째 방법은 영화평을 쓰는 것이고, 세 번째 방법은 영화를 만드는 것이다."

영화 평론가 정성일의 해석이 덧붙여진, 영화감독 프랑수아 트뤼포가 했다고 알려진 이 말은 영화뿐만 아니라 달리기에도 적용 가능하다. 영화가 무엇인지도 모르던 어린 시절, 영화 보듯이 흥미롭게 타인의 달리기를 응시했다. 나보다 긴 다리를 가진 동네 형들의 달리기는 몇 번씩이나 다시 보고 싶은 장면이었다. 그들의 달리기가 시작되면, 마치 영화를 보듯 제일 앞에서 관람하는 관객이 되었다. 집에 돌아와서는 엄마에게 내가 본 달리기의 놀라움을 말했다. 내가 아는 단어를 총동원해도 나의 감흥을 설명하기엔 모자랐다. 잠들기 전, 낮에 본 형들의 달리기 장면을 복기하다 보면 꿈에도 달리는 장면이 등장했다. 가장 빠른 형의 몸에 나의 얼굴이 달려 있는 채로. 달리기를 사랑하기 위해 직접 달리기를 시도하기도 했으나, 나는 아주 많이 느렸다. 영화에 재능이 있던 프랑수와 트뤼포와 달리, 나는 달리기에 재능이 없었다.

무수히 많은 달리기를 목격한 뒤에, 달리기에 대한 글을 쓰고 있다. 동경했던 동네 형들은 사라졌고, 출근길에 지각을 피해 달리는 이들을 존경의 시선으로 바라본다. 학교 운동회나 군대 아침 구보처럼 강제성이 주어지지 않을 때는 최대한 달리기를 피하고 있다. 간신히 파란불을 유지 중인 횡단보도 앞에서 당연하다는 듯 뛰기를 포기하고, 신발장에는 러닝화도 없다. 뛰지 않을 명분을 차곡차곡 쌓아 온 내게, SNS에 러닝 기록을 올리는 이들은 SF 영화 속 미지의 존재처럼 신비롭다. 예매한 영화의 상영 시간에 늦을까 봐 달린 게 나의 마지막 달리기다. 달리는 이들이 유독 많이 등장하는 영화였다. 마블의 〈어벤져스〉나 DC의 〈저스티스 리그〉에 나오는 수많은 히어로도 뛰어다니는데, 히어로도 아닌 이들이 위기를 극복하려면 별수 있겠는가. 뛰는 수밖에.

어릴 적 동네 형들의 달리기에 설렜던 것처럼, 영화 속 뛰어다니는 이들을 보고 나면 나도 함께 달린 기분이다. 분명 제자리에서 영화를 보았을 뿐인데, 달리기에 쓰이는 근육이 성장한 느낌이다. 매일 달리기를 한 사람은 아니지만, 영화를 통해 달리기를 목격한 사람으로서 달리기에 대해 이야기해 보려고 한다. 무엇인가를 시작함에 있어서 많이 보는 것만큼 좋은 준비도 없다. 동기화를 시작해 보자, 영화 속 달리는 이들과.

*영화의 스포일러가 포함되어 있습니다.

400번의 뜀박질 뒤에 어른이 될 수 있을까

<400번의 구타>(감독 프랑수아 트뤼포, 1959년)

베를린에 내려온 두 천사의 이야기를 다룬 빔 벤더스 감독의
영화 <베를린 천사의 시>는 다음의 말과 함께 끝난다. "모든
전직 천사들에게 바칩니다. 특히 오스 야스지로, 프랑수아 트
뤼포, 안드레이 타르코프스키에게". 위대한 영화의 기준은 절
대적이지 않지만, 세 사람 모두 영화사에서 반드시 언급되는
감독들이다. 천사로 칭해진 이들인 만큼 평화롭게 살았을 것
으로 예상되나, 지금부터 이야기할 프랑수아 트뤼포만 하더
라도 삶이 순탄치 않았다. 외도하는 친모와 취미 생활을 즐기
느라 늘 집을 비우는 계부 밑에서 자랐고, 소년원에 다녀왔으
며, 군대에서는 탈영도 했다. 그가 실제로 얼마나 많이 뛰었는
지에 대한 기록은 없지만, 있는 힘껏 도망쳐야 했던 순간이 많
았을 거다. 영화에는 감독의 삶이 반영되기 마련이고, 프랑수
아 트뤼포의 작품에는 혼란에 빠진 채 달리는 인물이 자주 등
장한다.

14살 소년 앙트완(장 피에르 레오)은 학교에서 문제아 취급을 받으며, 무슨 일만 생기면 제일 먼저 의심받기 일쑤다. 집안 분위기도 그리 좋지 않다. 엄마 질베르(클레어 모리어)는 다른 남자와 외도 중이고, 아빠 줄리엥(알베르 레미)은 집안일에 별 관심이 없다. 앙트완의 유일한 즐거움은 친한 친구 르네(패트릭 오페이)와 극장에 가고 놀이기구를 타는 등 거리를 돌아다니며 노는 순간이다. 하루는 학교를 땡땡이치고, 다음 날 학교에 가서 엄마가 죽었다고 거짓말을 한다. 거짓말은 금방 들통 나고, 가뜩이나 컸던 앙트완에 대한 불신은 극에 달한다. 가출 후 친구 집에 숨어 지내는 등 일탈을 멈추지 않던 앙트완은 아빠의 회사에서 몰래 타자기를 훔치기에 이른다. 앙트완의 부모는 그를 더 이상 감당 못하겠다며 경찰서에 데려가고, 그는 결국 소년원에 들어간다. 왜 거짓말을 하냐는 상담사의 물음에 앙트완은 답한다.

"진실을 말해도 믿지 않아서 거짓말을 해요."

앙트완은 축구 경기를 하던 중에 철조망 아래를 기어서 소년원을 빠져나오고 한참을 달린 끝에 해안가에 도착한다. 더 이상 달릴 길이 없다. 앙트완은 이제 어디로 뛰어야 할까.

앙트완은 수많은 말썽을 부리고 내내 달린다. 학교를 땡땡이칠 때도, 아빠의 타자기를 훔칠 때도 멈추지 않고 뛴다. 400번도 넘게 달렸을 앙트완에게 남은 건 '문제아'라는 낙인뿐이다.

그 누구도 앙트완이 달리는 이유를, 말썽을 부리는 이유를 궁금해하지 않는다. 어느 순간부터 앙트완의 달리기는 그저 말썽으로 규정된다. 앙트완의 주변인들은 '잘못해서 도망친다' 이외에 다른 서사를 생각해 내지 못한다. '한 아이를 키우는 데 온 마을이 필요하다'는 아프리카 속담이 무색해질 만큼, 어른들은 무심함으로 일관한다. 어른들에게는 방황하는 아이의 마음에 귀를 기울이고 관심을 가지는 것보다 문제라고 결론짓고 무심해지는 게 더 편리하기 때문일까. 반성 없는 어른들 사이에서 아이는 도망치는 것 말고 할 수 있는 게 없다.

앙트완의 달리기는 무심한 어른들을 향해 자신을 봐 달라고 하는 몸부림 같다. 앙트완에게 필요한 건 400번의 달리기도 400번의 꾸짖음도 아니라, 단 한 번의 관심이다. 영화 제목 〈400번의 구타〉는 프랑수아 트뤼포가 실제로 소년원에서 생활하며 본 프랑스 격언, '400번 맞아야 어른이 된다'에서 나왔다. 세상의 무관심 속에서 상처받으며 자랄 수밖에 없는 유년기를 함축한 말로 들린다. 프랑수아 트뤼포는 관객에게 묻는다. 앙트완의 달리기가 어떤 의미일지. 문제 많은 아이가 또 한 번 말썽을 피우고 도망가는 걸까, 아니면 자신의 말을 들어 주지 않는 세상에 뜀박질로 마음을 표출하는 걸까.

프랑수아 트뤼포의 데뷔작 〈400번의 구타〉는 자전적인 작품이다. 엄마의 외도부터 소년원 생활까지, 앙트완의 사연 대부분은 프랑수아 트뤼포가 직접 경험한 것이다. 프랑수아 트뤼포의 삶은 영화평론가 앙드레 바쟁을 만나면서 바뀐다. 앙드레 바쟁은 프랑수아 트뤼포의 후견인 역할을 맡는다. 탈영한 프랑수아 트뤼포가 무사히 전역할 수 있도록 군 관계자들을 설득하고, 자신이 창간한 잡지 〈카이에 뒤 시네마〉에 그를 영화평론가로 데뷔시키는 등 어려운 순간마다 힘을 써 주었다. 세상으로부터 도망치기 바빴던 프랑수아 트뤼포는 앙드레 바쟁 덕분에 마음을 다잡고 자신이 좋아하는 영화에 집중하며 결국 영화감독이 된다.

이러한 보살핌은 대물림된다. 프랑수아 트뤼포는 〈400번의 구타〉에서 앙트완을 연기한 장 피에르 레오를 보살피며 자기 작품에 출연시킨다. 프랑수아 트뤼포처럼 말썽쟁이였던 장 피에르 레오는 〈400번의 구타〉로 데뷔한 이후 지금까지 배우로 활발하게 활동 중이다.

'400번 맞아야 어른이 된다'는 격언보다 '400번 이상의 관심이 있어야 어른이 된다'는 말이 더 필요한 세상이다. 아이가 어른이 되기 위해서는 마치 할당량처럼 반드시 받아야 할 사랑이 존재한다. 어른의 관심 없이는 400번이 아니라 4,000번을 맞아도 어른이 될 수 없다. '쟤 또 말썽 피우고 도망 다니네'라는 낙인이 '저 아이는 왜 뛰는 걸까'라는 관심으로 바뀌는 순간, 소년의 세계는 새롭게 열릴 거다. 앙트완이 마주한 해안가가 더 이상 뛸 수 없는 막다른 길이 아니라, 뒤돌아 무한하게, 지금과는 다른 이유로 뛸 수 있는 새로운 시작이 되기를.

사랑을 위해 어디까지 달릴 수 있나요?

<포레스트 검프>(감독 로버트 저메키스, 1994년)

"만약 기억을 통조림이라고 친다면, 영원히 유통기한이 없었으면 좋겠다. 유통기한을 꼭 적어야 한다면 내 사랑의 유통기한은 만 년으로 하고 싶다."

영화 <중경삼림>의 경찰 223(금성무)은 사랑의 유통기한이 만 년이길 희망하지만, 만우절에 실연을 겪는다. 그는 이별 후에 달리기를 한다. 사랑 때문에 뛰며, 223은 말한다.

"실연당하면 난 조깅을 한다. 조깅을 하면 몸속의 수분이 빠져나가서 눈물이 잘 나지 않는다."

아무리 절절한 이별을 다룬 영화여도, 현실 속 이별보다 더 아플 수는 없다. 몇 해 전에 이별을 겪고 무작정 한강으로 나간 적이 있다. 가만히 있으면 안 좋은 생각이 점점 더 덩치를 키우기에, 몸을 움직이는 게 낫겠다 싶었다. 많은 이들이 한강을 뛰는 중이었다. 신발을 사고 나면 사람들의 신발만 보이는 것처럼, 이별 후에는 모든 이들이 이별한 것처럼 보인다. 저 사람은 어떤 이별을 해서, 어떤 슬픔을 잊기 위해서 저렇게 뛰는 걸까. 이제 막 시작한 사랑에 기뻐서 뛰는 이들도 있을 텐데, 웃음을 감추기 힘든 그들을 보며 이별에 실성해서 뛰는 것 같다고 멋대로 해석한다.

달리기를 싫어하지만, 나도 모르게 뛰게 되는 순간이 있다. 사랑 앞에서 머리보다 몸이 먼저 반응한다. 먼발치에 서 있는 사랑하는 이를 보고, 마치 전생에서부터 그리워하다 재회한 것처럼 단숨에 달려간다. 상대를 향해 달리는 서로의 발이 사랑에 대한 가장 큰 증명처럼 느껴진다. 숨이 점점 가빠지는 이유가 달리기 때문인지, 상대에 대한 마음 때문인지 헷갈릴 만큼 달려 본다.

"사랑을 위해 어디까지 달릴 수 있나요?"

이처럼 물었을 때 '지구 반대편'이라고 답하는 이도 있을 거고, '옆 동네'라고 답하는 이도 있을 거다. 내가 아는 사람 중 사랑을 위해 가장 먼 곳까지 간 이는 영화 〈포레스트 검프〉의 주인공 '포레스트'다.

〈포레스트 검프〉는 제작비의 몇 배를 벌어들인 흥행작이자, 그해 미국 아카데미 시상식에서 작품상, 감독상, 남우주연상, 각색상, 편집상 등 주요 부문을 석권한 작품이다. 누군가에게 '인생 영화'를 물으면 〈포레스트 검프〉라고 답하는 경우를 자주 볼 수 있을 만큼, 포레스트는 굳이 '달리는 사람'으로 한정 짓지 않아도 많은 사랑을 받아 온 캐릭터 중 하나다.

포레스트(톰 행크스)는 IQ 75에 보조장치를 양쪽 다리에 착용하고 겨우 걸어 다니지만, 그의 엄마(샐리 필드)는 말한다.

"넌 남들과 똑같아. 다르지 않아."

애석하게도 희망과 현실은 다르다. 학교에서 만난 아이들에게 포레스트는 너무 다른 존재로 보이고, 다르다는 이유로 괴롭힘을 당한다. 포레스트를 받아 주는 친구는 제니(로빈 라이트)가 유일하다. 그리고 제니 덕분에 포레스트는 자신의 특별한 능력을 발견한다.

"포레스트, 달려!"

자신에게 돌을 던지는 이들을 피해 달리던 포레스트는 제니의 외침에 속도를 높여 본다. 보조장치 없이는 걸을 수 없던 그의 몸이 점점 빨라지더니, 어느새 두 다리의 보조장치가 다 팅겨져 나갈 만큼 빠르게 달린다. 그렇게 포레스트는 보조장치 없이 달리는 법을, 심지어 남들보다 훨씬 빠르게 뛰는 법을 깨우친다. 이후 그는 언제 어디서든 달린다.

포레스트가 달리기를 시작한 이후로 이뤄 낸 일들은 하나같이 굉장하다. 미식축구 경기장을 가로질러 뛰다가 스카우트되어 미식축구 선수로 대학에 들어가고, 국가대표 선수로 활약한다. 대학 졸업 후에는 군대에 자원입대해 베트남전에 투입

되는데, 갑작스러운 습격 속에 뛰어다니며 동료들을 구해 내서 무공훈장을 받는다. 달리기로 무수히 많은 것들을 이뤄 낸 그는 심지어 사업에도 성공한다. 그러나 포레스트의 마음은 헛헛하다. 남들이 보기에 아쉬울 게 없는 성공한 삶인데 왜일까?

포레스트가 뛰는 모든 순간에는 목적지가 존재했다. 그 목적지는 바로 제니다. 미식축구 선수로서 득점을 내기 위해 달릴 때나, 베트남전에서 동료들을 업고 뛸 때나 마음속에는 제니가 있었다. 사업까지 성공하여 명예와 부를 모두 가진 그가 공허함을 느끼는 이유 또한 제니다. 오랜만에 재회한 후로 계속 자신의 곁에 있을 줄 알았던 제니가 갑작스럽게 떠났기 때문이다.

제니가 떠난 이후 포레스트가 선택한 건, 언제나 그러했듯이 달리기다. 이 길의 끝까지만 가 보자, 마을 끝까지만 가 보자, 목적지를 점점 더 멀리 설정하던 그는 결국 대륙의 끝까지 달린다. 2년 넘게 그저 뛰었을 뿐인데, 어느새 그는 미국 전역을 횡단한 이로 뉴스에 등장한다. 멈추지 않고 계속 뛰고 있는 포레스트에게 기자들이 묻는다.

"왜 뛰나요? 세계평화를 위해서?"

기자들은 거창한 답변을 기대하지만, 사람들이 기대하는 그럴듯한 이유는 존재하지 않는다. 늘 이유를 찾는 게 먼저인 사람들 사이로, 포레스트는 계속해서 뛴다. 그리고 어느 순간부터 그의 주변에 추종자들이 모인다. 그의 모습이 마치 현자처럼 보이기 때문이다. 무엇인가를 꾸준히 오래 하는 게 쉽지 않다는 걸 모두 알고 있으니까. 그저 뛸 뿐인 그에게서 사람들은 지혜를 얻는다.

미국을 횡단하는 동안에도 그의 최종 목적지는 제니였다. 달리다 보면 언젠가 제니에게 닿을 수 있을 거라는 희망과 함께 뛰었다. 마치 제니가 사랑을 위해 어디까지 달릴 수 있냐고 묻기라도 한 것처럼, 포레스트는 2년 내내 달리며 온몸으로 사랑을 증명한다. 그리고 결국에는, 제니에게 달려간다. 자신의 진짜 목적지를 향해서.

"인생은 초콜릿 상자와 같아."

포레스트의 엄마가 그에게 한 말처럼, 인생은 거대한 초콜릿 상자와 같아서 어떤 맛의 초콜릿을 먹을지 알 수 없다. 포레스트에게 첫 달리기의 순간은 도망간다는 사실도 잊을 만큼 짜릿하게 톡 쏘는 과일 맛 초콜릿, 제니를 향해 달리는 순간은 입에 들어가자마자 녹는 달콤한 화이트 초콜릿이었을 거다. 아무나 맛보지 못할 대륙 횡단 달리기의 맛은, 처음엔 쓰지만 먹을수록 더 깊은 맛이 우러나는 다크 초콜릿에 가깝지 않을까.

같은 초콜릿도 먹는 이마다 다르게 느끼는 것처럼, 같은 시간에 같은 공간을 뛰어도 달리기의 맛은 제각각이다. 달리기의 동기가 사랑인 이들에게, 달리기의 끝맛은 결국 달콤함이었으면 좋겠다. 너무 달아서 심장이 아플 지경이고, 다시는 느끼고 싶지 않을 만큼 쓴맛에 몸부림을 쳐도, 결국은 달콤하게 기억될 수 있도록.

사랑을 위해 뛰는 이들에게 묻고 싶다. 당신은 사랑을 위해 어디까지 달릴 수 있나요, 그런 당신의 달리기는 무슨 맛인가요?

아이들은 왜 뛸 때 웃을까

<플로리다 프로젝트>(감독 션 베이커, 2017년)

"아이들은 뛸 때 웃어요."

아역 배우와 촬영 중인 영화감독이 연기 지도가 쉽지 않다고 말하는 인터뷰를 봤다. 웃으면서 뛰면 안 되는 장면인데, 아이들은 뛸 때마다 당연하다는 듯이 웃는다. 거리를 걷다 보면, 뛰면서 웃는 아이들을 볼 수 있다. 작은 일에도 잘 웃는 아이들 입장에서 달리기는 자신의 몸으로 만들 수 있는 가장 큰 이벤트다. 마치 이 순간만 기다린 것처럼 온 힘을 다해 달리는 아이가 옆을 스쳐 갈 때면, 찰나지만 웃음을 머금고 있다는 걸 느낀다. 뛰다가 어느 순간 도달하게 되는 행복감, '러너스 하이'를 아이들은 뛸 때마다 느끼는 걸까.

살면서 가장 열심히 뛰던 시절은 유치원도 가기 전인 어린 시절이다. 그때의 나는 기본값이 달리기로 설정된 사람처럼 대부분 뛰고 있었다. 뽐낼 수 있는 게 달리기뿐이라고 생각해서인지, 매번 온몸을 내던지며 달렸다. 목적지에 행복만 있을 거라는 전제와 함께. 열심히 달려도 그 끝에 좋은 결과가 없을 수 있다는 걸 알아 가면서, 아이에서 벗어났다. 얻을 것보다 잃을 것부터 생각하는 어른이 되었고, 그런 마음 때문인지 예전처럼 뛰지 않는다. 달리기만 하면 신나서 웃던 아이는, 웃으며 뛸 수 없는 어른이 되었다.

영화 〈플로리다 프로젝트〉의 6살 무니(브루클린 프린스)도 친구들과 뛸 때마다 웃는다. 무니는 엄마 핼리(브리아 비나이트)와 단둘이 디즈니월드 근처 모텔 '매직캐슬'에 머물고 있다. 무니는 같은 모텔에서 지내는 스쿠티(크리스토퍼 리베라), 옆 모텔 '퓨처랜드'에 온 새 친구 젠시(발레리아 코토)와 함께 어울려 다닌다. 셋은 아이스크림 가게를 서성이며 손님에게 아이스크림을 얻어먹고, 공사가 중단되어 폐허가 된 콘도에 불을 지르는 등 자신들의 방식으로 최선을 다해서 뛰어논다.

그러나 아이들의 밝은 표정 너머엔 현실이 있다. 생활고에 시달리던 무니의 엄마 핼리는 마땅한 일자리를 구하지 못해서 이런저런 일을 하다가 결국 성매매를 하기에 이른다. 핼리는 성매매와 아이 방치를 이유로 신고를 당하고, 신고를 받고 나온 아동국 직원들은 보호 조치를 위해 무니를 데려가려 한다. 친구와의 이별을 앞둔 무니는 젠시에게 달려가고, 젠시는 울음을 터뜨린 무니의 손을 잡고 함께 도망친다. 사람들의 웃음이 넘치는 디즈니월드로.

영화 제목 '플로리다 프로젝트'는 디즈니월드가 만들어질 당시 추진했던 계획과 집이 없는 이들에게 보조금을 지원하는 사업, 두 가지를 모두 뜻하는 중의적인 제목이다. 무니와 친구들이 지내는 모텔은 '매직캐슬', '퓨처랜드'라는 희망적인 이름을 가지고 있지만, 현실은 집을 구할 수 없는 이들이 모이는 임시 거처다. 디즈니월드에 놀러 온 이들에게 근처 모텔에서 살아가는 이들은 측은함의 대상이다. 그러나 이곳의 아이들은 외부인의 예상과 달리 함께 놀 때면 웃음이 떠나질 않는다. 핼리가 무니를 제대로 보호하지 못하는 무책임한 엄마로 보일 수도 있지만, 핼리와 무니가 서로를 사랑한다는 건 명백하다. 무니가 가장 크게 웃는 순간은 엄마와 함께할 때니까. 함께 노래를 부르고 춤을 추는 둘의 모습은 모녀 사이보다 친구 사이에 가까워 보인다. 세상을 바라보는 둘의 눈높이 또한 그리 달라 보이지 않는다. '안정적인 환경'이라는 말 안에는 물질적인 부분뿐만 아니라 정서적인 부분도 포함된다. 위태로운 환경만으로 이들의 삶이 불행하다고 치부하는 건 오만일지도 모른다.

영화 내내 웃으면서 뛰던 무니가 젠시를 향해 울며 달려가는 건 어른들의 사정 때문이다. 무니를 현실적으로 완전하게 보호할 수 없는 엄마 핼리의 방식과 대안으로 제시된 보호국의 방식 중에 무엇이 정답인지는 알 수 없다. 열악한 환경 속에서도 엄마와 함께 마술처럼 행복해하던 '매직랜드'의 무니, 무니의 손을 잡고 디즈니월드로 달려간 '퓨처랜드'의 젠시. 이들의 미래는 과연 디즈니월드의 풍경처럼 설레고 즐거울까.

　내가 다니는 회사 건물에는 유치원이 있다. 덕분에 퇴근길 엘리베이터 안에서 아이들을 자주 만난다. 아이들은 1층에 도착하기도 전에 뛰고 싶어서 발을 동동 구른다. 엘리베이터 문이 열리면, 하원을 돕는 선생님의 천천히 가라는 말이 무색할 만큼 빠르게 달린다. 뛰는 아이들은 하나같이 웃는다. 슬픈 표정을 연기해야 하지만 뛰면서 본능적으로 웃어 버린 아역 배우처럼, 뛰면 좋은 일이 생길 거라고 믿던 나의 어린 시절처럼, 현실이 어떻든 매 순간 최선을 다해 즐거워하는 무니처럼. 여러 회사와 학원이 있는 이 건물에서 아이들은 가장 공평한 방식으로 서로를 본다. 서로를 비교하기 바쁜 어른들과 달리, 아이들은 자신이 타고난 것과 환경에 신경 쓰지 않고 함께 웃으며 뛴다.

　무니처럼 빠르게 뛰는 아이의 속도를 따라잡을 만큼 빠른 어른이 되지 못했다. 다만 울면서 뛰는 아이가 있다면 그걸 알아보고 살피는 어른이 되고 싶다. 뛸 때 웃는 게 당연한 아이가 뛰면서 울고 있다면, 그건 문제가 있다는 거니까. 달리기에 능한 어른이 되진 못했지만, 달리는 아이의 표정을 살필 줄 아는 어른을 꿈꾼다. 내 옆을 스쳐 지나간 아이의 표정을 살피는 건 어른으로서 해야 마땅한 일이다. 뛰기만 하면 웃는 아이가 웃으며 뛰는 어른이 될 수 있기를 바라며, 달리는 아이의 표정을 바라본다.

런(run)으로 런(learn)

<아워 바디>(감독 한가람, 2018년)

체육대회처럼 달리기 싫어도 뛰어야만 하는 순간이 있다. 그때마다 달리지 않을 명분을 찾기 위해 고군분투했다. 달리기가 쓸모없다는 걸 어떻게 증명할 수 있을까. 그만큼이나 달리기가 싫었다. 머리로는 달리기의 장점을 이해하지만, 마음으로는 달리기와 높은 담을 쌓고 산다. 강제로 뛸 일이 없었다면 달리기에 대해 좀 더 호의적이었을까.

달리기에 대한 마음의 벽을 가장 많이 허물어 준 영화는 <아워 바디>다. 감히 도전할 엄두도 안 나는 전문적인 달리기가 아닌 일상의 달리기를 다루기 때문이다. <아워 바디>에는 대회에 출전하는 선수도, 엄청난 달리기 능력을 가진 사람도 등장하지 않는다. 주인공 '자영'은 영화에서만 볼 수 있는 사람이 아니라 내 주변에도 충분히 있을 법한 인물이다.

31살 자영(최희서)은 8년째 행정고시를 준비 중으로 오랜만에 본가에 방문해 밥을 먹다가 엄마(김정영)에게 행정고시를 포기하겠다고 말한다. 갑작스러워 보이지만 그동안 많이 지쳤기에 한 선택이다. 화내는 엄마를 뒤로한 채 집으로 돌아가던 자영은 운동복을 갖춰 입고 무리를 지어 뛰는 이들을 목격한다. 다음 날, 자영은 신발장에 있던 운동화를 꺼내 신고, 유튜브에서 달리기 영상을 찾아보며 집 근처 운동장을 뛴다. 딱히 미래에 대한 계획이 없던 와중에 친구 민지(노수산나)의 추천으로 아르바이트를 시작하면서, 낮에는 아르바이트를 하고 저녁에는 뛰기로 마음먹는다. 혼자 뛰던 자영은 우연히 전에 보았던 러닝크루 멤버 중 한 명인 현주(안지혜)를 발견하고 쫓아 뛰다가, 이를 계기로 인연을 맺고 함께 뛰기 시작한다. 달리기가 익숙해지면서 자영은 이전에 맞지 않던 바지가 맞을 만큼 살이 빠지고, 아무 옷이나 입고 뛰던 전과 달리 운동복을 갖춰 입고 뛴다. 회사에서는 인턴 전환에 지원하는 등 달리기가 습관이 된 이후로 삶의 변화를 맞이한다.

자영은 지난 8년 내내 치열하게 살았다. 고시 공부가 달리기라면, 자영은 한 번도 멈추지 않고 계속해서 달려왔다. 그러나 세상은 자영을 '고시 준비생'으로 부른다. 자영은 분명 트랙 위를 달리고 있는데, 세상이 바라보는 자영의 상태는 늘 '준비 중'이다. 자영의 달리기가 '시작'으로 인정받기 위한 방법은 '합격'뿐이다. 합격을 목표로 수많은 이들이 함께 뛴다. 그러나 합격

할 수 있는 이는 극히 일부다. 완주한 것만으로도 대단하다는 식의 위로는 이들에게 공허하게 들린다.

고시 공부를 하는 동안 몸은 오직 공부를 위한 것이기에, 공부 이외에는 최소한으로 움직이는 게 미덕이었다. 그런 자영에게 자신이 그동안 제대로 느끼지 못한 '몸'이 눈에 들어온다. 몸만 있다면, 달리기에 대한 준비는 끝이다. 단 한 번의 시험으로 모든 게 결정되는 고시 대신, 거리부터 속도까지 직접 정할 수 있는 달리기에 자영은 금세 푹 빠진다.

"힘들면 내 뒤에서 뛰어. 내 기를 빨아먹는다고 생각하고."

현주의 말을 듣고 자영은 현주의 뒤에서 뛴다. 고시 공부를 하면서는 모든 것을 혼자서 짊어져야 했지만 이제 자영은 사람들과 함께 뛴다. 한 강의실에서 공부해도 결국 서로 경쟁자였던 고시 공부의 순간은, 매일 함께 속도를 맞추고 서로를 이끌며 뛰는 달리기의 시간으로 바뀌었다. 누구를 앞서야 한다는 생각 대신 나의 속도를 유지하는 법을 배우며, 자영의 달리기는 점점 발전한다. 자영은 자신보다 앞에 있는 이를 이겨야 한다는 목표에서 벗어나, 자신의 앞에서 달리는 현주의 기운을 받으며 함께 달린다. 혼자가 아니라는 사실만으로도 위로가 된다.

"부럽다 너, 현실감각 없이 살아서. 달리기해서 강사라도 할 거야?"

자영이 달리기에 대해 이야기할 때 돌아오는 반응은 차갑다. 8년 동안 해 온 고시 공부를 그만둔 후 몰두하고 있는 게 달리기라는 사실이, 가족과 친구는 걱정스럽다. 세상이 말하는 '사람 구실'이란 매일 꾸준히 달리기를 하는 게 아니라, 고시 공부를 하거나 취업 준비를 하는 등의 행위를 말한다. 8년간의 공부에 지친 자영은 달리기를 통해 행복해졌다고 믿지만, '고시 준비생'에서 '달리는 사람'으로 바뀐 자영의 상황은 주변 이들에게 발전이 아닌 후퇴처럼 보인다. 자영의 몸은 분명 이전보다 건강해졌는데, 기력을 낭비하는 사람 취급을 받는다. 달리기의 쓸모에 대해서 세상이 생각하는 바와 자영이 느낀 바는 많이 다르다.

로또에 당첨되면 좋을 것 같다는 현주의 말에 "평생 쓸 운을 다 쓰는 것 같아서 무서워"라고 답하는 자영에게는 일확천금의 기회 같은 고시보다 조금씩 나아지는 게 느껴지는 달리기가 더 어울려 보인다. 8년의 공부를 합격으로 끝내지 못했기에 자영 스스로는 무엇 하나 이룬 게 없다고 느꼈겠지만, 삶은 버티는 것만으로도 쌓이는 근육이라는 게 분명 존재한다. 숨을 쉬고, 걷는 것은 그 자체로 새로운 뜀을 위한 준비가 된다.

"엄마는 쉬지 않고 얼마나 오래 달려 봤어? 처음에는 너무 고통스러워서 내가 이것만 하면 세상에 못할 게 없을 것 같더라고."

자영은 여전히 고시 공부를 권하는 엄마에게 자신이 사랑하는 달리기에 대해 말한다. 세상의 기준에 부합하기 위해 공부하던 자영은 이제 무의미해 보이는 달리기를 한다. 별다른 의미 없이 시작한 달리기가 삶에 의욕을 가져다주는 아이러니가 발생한다. 달리기를 통해 몸부터 마음까지 점점 나아지는 경험은 앞으로 무엇을 해도 괜찮을 거라는 인식으로 이어질 거다. 1년에 한 번뿐인 시험이 내 행복을 결정짓는 인생은 매일 밤마다 뛰면서 행복할 수 있는 인생으로 바뀌었다.

달리기를 통해 자영이 회복한 건 자신을 사랑하는 방법이다. 고시 공부로 좀 더 나은 사람이 되고자 했던 자영은 자신을 잃어 간다고 느꼈고, 세상이 한 번도 알려 주지 않았던 달리기를 통해 건강한 사람이 되었다. 런(run)으로 런(learn)한 것이다. 달리기로부터 배운다. 세상이 뭐라고 하든 내가 행복하다면 그것은 가장 큰 명분이자 이유가 되어 준다고. 내가 행복하면 그걸로 된 거라고.

나만의 리너스 하이를 찾아서

일본 애니메이션 영화 〈시간을 달리는 소녀〉에는 제목 그대로 '시간을 달리는 소녀' 마코토(나카 리이사)가 등장한다. 마코토는 마구 달리면 자신이 원하는 과거로 돌아가는 '타임리프' 능력을 갑작스럽게 갖게 된다. 그 덕분에 늘 하던 지각을 면하고, 시험에서 100점을 맞고, 노래방에서 시간 걱정 없이 노래를 부른다. 이모에게 자신의 능력을 고백하자 이모는 말한다.

"네가 행복해진 만큼 불행해진 사람도 있겠지?"

누군가 빨리 뛸 때마다 나는 불행하다고 느꼈다. 타고난 운동신경도 없고 평생의 대부분을 비만으로 산 내게, 경쟁적인 달리기가 이뤄지던 체육 시간과 운동회는 늘 피하고 싶은 것이었다. 달리기 후에는 수고했다는 말보다 느린 속도와 출렁이는 살 때문에 놀림받기 일쑤였다. 그때의 내가 마코토처럼 타임리프가 가능했다면, 달리기를 하지 않고 빠지는 일에 활용했을 거다.

시간을 달려서 미래로 가는 능력이라도 생긴 것처럼 금세 어른이 되었다. 빠른 게 최고였던 시절을 지나, 이젠 아무도 서로의 달리기와 속도에 대해 말하지 않는다. 고등학교를 졸업한 이후로는 100m를 몇 초에 뛰는지 말해 본 적이 없다. 매주 있던 체육 시간의 달리기는 이제 작정하고 만들어야 하는 취미의 영역이 됐다. 달리기 속도 대신 새로 산 중고차의 연식이나 한 달 동안 쓴 택시비 같은 숫자들이 대화의 주제로 자리 잡았다. 빨리 달리는 친구의 포즈를 따라 하던 나는, 달리기 대신 '트렌드'나 '커리어'처럼 새로운 기준에서 빠른 사람이 되기 위해 발버둥 치는 중이다. 100m 달리기 기록이 개인을 설명하던 시절이 차라리 공평했다고 느낄 만큼, 나를 증명하기 위해 필요한 수많은 숫자에 둘러싸여 산다.

어른이 되고 가장 많이 뛴 곳은 한강 러닝코스가 아니라 헬스장 러닝머신이다. 살을 빼기 위해 오른 러닝머신에서 아무리 뛰어도 제자리인 걸 보면 양가적인 감정이 든다. 분명 전진 운동을 하고 있음에도 제자리에 머물기에 허무한 기분이 들지만, 근육이나 몸무게를 통해 시작할 때의 나와 끝난 후의 내가 다르다는 걸 느낀다. 땀범벅이 되어도 어차피 제자리인데 왜 이 짓을 하나 생각하는 와중에, 방금 전보다 단단해진 게 느껴지는 다리 근육에서 위안을 얻는다. 두 감정 사이에서 무의미한 동시에 생산적인 달리기를 이어 나간다.

주변을 열심히 둘러봐도 시간과 비례한 결과를 보여 주는 일은 드물다. 그러나 달리기는 투자한 시간 대비 명확한 변화를 보여 준다. 숫자로 판단되는 세상이 지긋지긋하지만, 내 몸이 만들어 낸 기록은 내가 나아지고 있다는 걸 가장 정직하게 정량화해서 보여 준다. 마음 같지 않은 세상에서, 달리기가 만들어 내는 변화는 즉각적이고 가시적이다. 아무리 열심히 살아도 제자리인 것 같다는 기분을 자주 느끼지만, 러닝머신 위를 달리며 '달리기'와 '삶'이 비슷하다고 믿어 본다. 제자리에서 뛰어도 뛰기 전보다 뛴 후가 더 발전적인 것처럼, 하루하루 살아낸다면 그것만으로도 삶은 더 나아진 거라고 믿는다.

마라톤 코스를 쉬지 않고 달려 완주하는 사람도 있지만, 내게는 러닝머신 위에서 쉬지 않고 30분을 달리는 것도 벅차다. 조금 뛰다가 잠시 멈추려고 하면 괜히 눈치가 보인다. 고작 저것도 못 해낸다는 핀잔이 여기저기서 날아올 것만 같다. 남들보다 대학도 늦게 가고, 일도 늦게 시작한 내게 삶을 달리기에 비유하는 건 매번 아프게 들린다. 나의 출발선을 그려 보면 남들보다 몇 년은 뒤에 위치해 있을 테니까.

학교에서 오래달리기를 하다가 힘들어서 중간에 걸을 때면 선생님에게 욕을 먹었다. 내게 늘 달리기의 목표는 빠른 등수가 아니라 '완주'였다. 완주를 위해서 내가 자주 선택한 건 '쉼'이다. 달리는 도중에 힘들어서 걷거나 잠시 숨을 고르는 게 패배나 포기를 뜻하는 건 아니다. 오히려 길고 오래 가기 위해 쉴 뿐이다. 늦었다고 하지만 나의 삶은 아직 끝나지 않았고, 여전히 달리는 중이다. 나의 속도로 끝까지 가는 걸 목표로 해 본다.

달리기를 하는 이들에게 들었던 경험 중 가장 신기한 건 '러너스 하이'다. 뛰다 보면 어느 순간부터 기분이 좋아지는 걸 말하는데, 한 번도 느껴 본 적이 없다. 오래 뛸 때면 입 안에 피맛이 돌곤 하니 '러너스 블러드'(Runner's Blood)라고 부르는 게 맞을 것 같다. 내게 달리기의 맛은 시큼한 피맛이다. 나는 나의 속도로 갈 수밖에 없고, 어쩌면 앞으로도 러너스 하이를 느끼지 못할 확률이 크다. 나중에는 조금만 기분이 좋아져도 그걸 러너스 하이라고 우길지도 모른다.

내게 지금 당장의 러너스 하이는 첫 번째 바퀴보다 두 번째 바퀴에서, 두 번째 바퀴보다 세 번째 바퀴에서 더 나아졌다고 느끼는 마음이다. 나아지고 있다는 믿음이 삶을 견디는 힘이 된다. 그렇게 무의미해 보였던 달리기가 의미를 찾아주는 달리기가 된다. 영화처럼 멋지지 않아도, 내 방식으로 달려 본다. 나만의 러너스 하이를 찾아서.

당신의 달리기와 쉼을 응원한다.

달리다 보면

초판 1쇄 인쇄 2022년 5월 20일
초판 1쇄 발행 2022년 5월 27일

글 김승 김유진 백인성 석원 손우성 조덕연
펴낸이 홍지애
펴낸곳 꿈꾸는인생
주소 서울 마포구 월드컵북로 400 2층
전화 070-4046-2371
팩스 02-6008-4874
이메일 lifewithdream@naver.com

© 꿈꾸는인생, 2022

979-11-91018-18-9(03810)